謎霧島 1

正義的伙伴

林秀穗◎文　廖健宏◎圖

自序／林秀穗

穿梭在虛實之間的童年回憶

在我還是孩提時期直到青少年，每年的寒暑假大多是在外婆家度過，對於那段時期的記憶也特別鮮明，我極喜歡那段時期，那是個物質不太豐裕，生活中卻充滿著人情味的年代。

那時的爸媽因為工作關係，總在暑假或寒假時，要姊姊帶著哥哥、我和弟弟一同搭火車，返回外婆家。記憶中，火車跑的速度當然遠不及現在的高鐵，但因為如此，在車上有更多時間可以觀看車窗外的風景，然後火車在嘉義站停靠，我們姊妹兄弟四人，就由火車站一路步行到外婆家。

其中的路程，一定會經過被當成了嘉義地標的圓環噴水池，然後隨著選擇圓環旁的不同道路行走，得繞不同的路，才到得了外婆家，那些經過的路程、景色，直到今日還常常模模糊糊的出現在我的夢中。

最常令我提及的是那座大公園，以前被稱為「中山公園」，現在改名了，在我童年裡的公園，只是座長滿了像天一樣高、巨大樹木的樹林，舅舅常帶我們去公園玩，公園外有投竹圈遊戲的攤販，如果從公園一路往上，可以到達常常搭著霧、充滿夢幻感覺的「蘭潭」，如果意猶未盡，一路又繼續往山上走，就會到達「仁義潭」水庫，只是那個年代，水庫還沒建成。

所以，很自然的，在書寫「謎霧島」這本書時，童年記憶裡占了極重要地位的嘉義，就被我借用到書裡，在嘉義中正大學任教的朋友，還特地帶我到童年外婆居住的一帶，逛過一回，我想找回那些木造平房的感覺，不太寬大的道路、沒有加蓋的排水溝，和馬路旁那片青青草地，但由於時代更替，都市地貌早已改變，景色已大不相同，所以無奈，也只能在記憶中去回想那些模糊的影像，用來架構奇幻故事裡的謎霧島。

在這個故事裡，我想談的是勇氣和逃避，因為現實生活中，不可能事事如意，所以當我們遇到悲傷的事，感覺自己無法越過的時候，該怎麼辦？會像書中的主角——小柚一樣，選擇逃避嗎？還是勇敢面對？

逃避或許是大部分人都會做的選擇，包括我自己在內。但那些讓人感到悲傷的事，所一起經歷的人，其中難道都沒有快樂嗎？如果切割掉所有關於悲傷的記憶，那些在記憶裡屬於壞的部分，會不會增長呢？在黑暗中成長的惡，又會不會迫使良善退縮？

我想，關於謎霧島的故事，最想和大家分享、討論，就是這個部分。關於故事的情節雖然大部分是虛構，但也有些是真實的經歷，譬如：小柚弟弟掉進了灌溉用的大水溝事件。

還記得那年，春節結束，我們從外婆家返家，姊姊帶著剛滿三歲的小姪子，全家一起在路邊等公車，小姪子貪玩，一直朝著路旁無蓋的排水溝裡扔石子，一不小心，就掉進了水溝裡。別看那水溝不深，但水流很急，姊姊、媽媽和我根本無法將小姪子撈起，眼看大水就要沖走人了，還好爸爸即時跳進水溝裡，將人給抱起來，否則後果一定不堪設想。

這段回憶，就成了我寫「謎霧島」時，影響整個故事行進很重要的一個關鍵。這個故事，除了這件事外，當然還有其他，因為真實和幻想，故事就在虛實之間穿梭。我們或許都會有失去勇氣，想逃開、只想著逃避的時候，但願大家最後都能像小柚一樣，找回失去的東西，勇敢面對。

畢竟，不論高興的或悲傷的，它們本該是生命長河裡的一部分。

人物介紹

小　　柚：高二女生，任性但心地善良，討厭不快樂的事，有正義感。

小灰球：有翅膀的貓，愛管閒事，努力學習飛翔，最討厭老鼠。

饅　　頭：七歲，小灰球的好友，喜歡打赤腳到處亂跑。

小　　凱：小柚的弟弟，在五歲時失蹤，造成小柚父母離異。

小　　珍：小柚的高中同學，表面上和小柚是好友，卻在背地裡說壞話。

綠　　笛：小六男生，有對又大又長的耳朵，會吹陶笛，是饅頭的好朋友。

紅　　嘴：嘴巴是紅色的白鵝，因為被主人遺棄，變得非長神經質。

蜥 蜴 人：性格奇怪，有時善良、有時邪惡，最會記仇和算計別人。

黑鼠公公：喜歡四處設陷阱害人，想救回自己變成黑色泥人的孩子。

白鼠婆婆：討厭小灰球，一心想報仇。

六　　眼：黑夜一降臨，即神出鬼沒，是謎霧島上大家最害怕的妖怪。

目
錄

如果時間是一條綿延翻滾的長河，
願長河裡的所有點點滴滴永不消失，
不論高興的或悲傷的，
它們本該是生命長河裡的一部分。

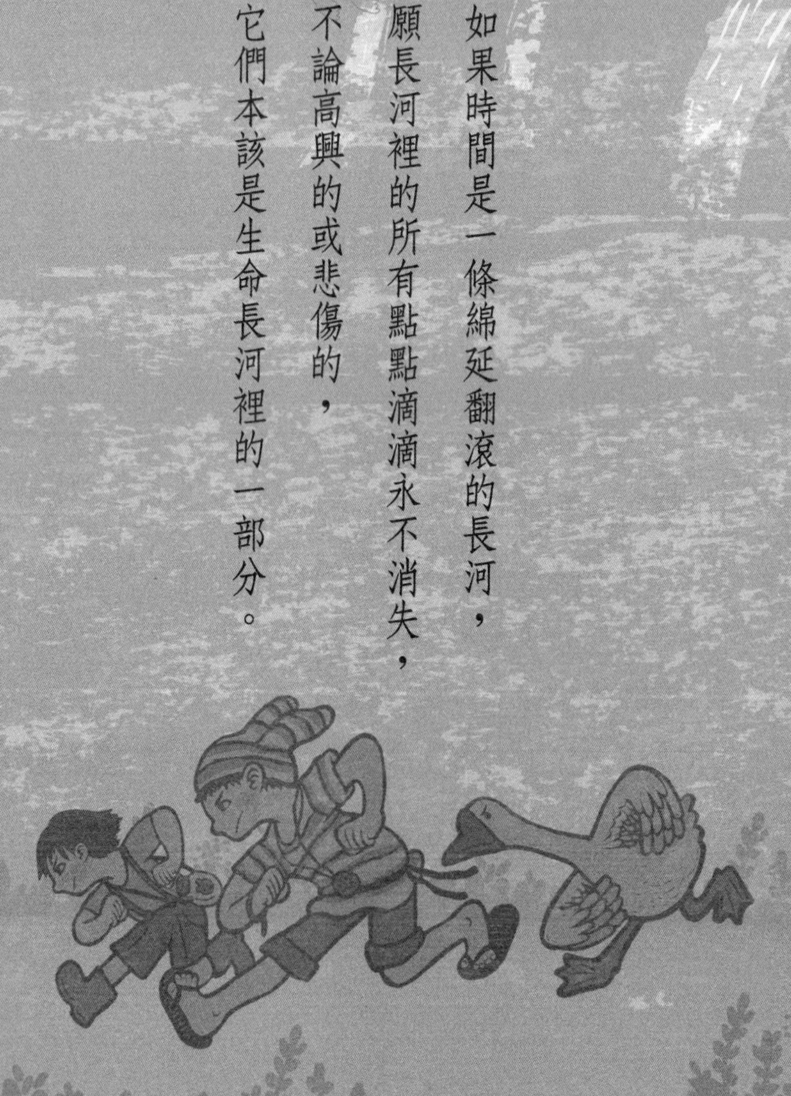

❶ 巧克力棒與暑假

這一天對小柚來說是非常不一樣的，讓人感覺到生氣的程度不一樣、沮喪的程度不一樣、連悲傷的程度都不一樣，如果要問為什麼會這樣，得從一枝巧克力棒說起。

對，就從巧克力棒開始說起。

「說真的，今年暑假妳要做什麼？」

小珍雙手趴在欄杆上，提起右腳尖，踢著地上的泥土。

「要做什麼呀……我想打工！」小柚單手撐著臉頰，朝天空嘆了一口氣。

那是認真無比的表情，從發亮的雙眼顯現出「打工」彷彿是她偉大的夢想。

「打工？」小珍停下踢泥土的動作，睜大吃驚的雙眼。

眼裡像在說——別開玩笑了，打工是升上大學之後的事吧？

而她也真的這麼說了。「別開玩笑了，我們今年才高二，打工至少也應該是上了大學後的事吧！」

順手，她從口袋裡拿出一盒巧克力棒，撕開紙盒後，遞了一根給小柚。

小柚轉過臉來，接過巧克力棒。「妳不覺得如果早一點有打工的經驗，或許也是一件很酷的事嗎？」

從高中一年級開始，小柚和小珍就同班，明明在外貌和性格上很不同的兩人，卻成了形影不離的好朋友。

「酷嗎？」小珍翻白眼，咬了一口巧克力棒。「說真的，我一點都不認為打工有什麼酷的，那是苦命人才做的事！」

小柚瞪著小珍。

這是第一次，她感覺到自己的想法和小珍有很大的落差，縱使過去大家都說過，兩人根本是不同的類型。

譬如：小柚留了一頭又長又直的黑髮，小珍則是把頭髮削得又薄又短，還染成淡酒紅色；小柚長得又高又瘦，小珍則圓潤矮小；小柚沉默不喜歡和人說話，小珍則很擅於和許多人交談。

說真的，兩人會成為好友，真是不可思議的事。但小柚認為不該以貌取人，人們看到的通常只是外表，高、矮、胖、瘦、長髮、短髮、黑髮、染髮、沉默和擅於交談，這些都是表現在外的一部分，不該被拿來判斷一個人，好吧，頂多只能當參考的一部分而已，不是全部，真的，不是全部。

「只有苦命的人才打工！」很認真的，小珍又說了一次。

是無言以對？還是無法苟同？亦或是兩者皆有！

總之，小柚不說話的看著小珍。

或許是被看得不自在，氣氛突然變得十分尷尬，小珍隨便找了個藉口就轉身離開。

看著她的背影，也看著風輕輕吹過旗桿和旗桿上的旗子，旗子啪啦啪啦的聲響像在宣告著壞天氣即將到來，操場邊奔跑著追球的人汗流浹背，如同此刻小柚發汗的掌心，果然暑假前的風，讓人感到不舒服，又溼又黏，就如同此刻小柚的心情，還有融化的巧克力棒。

小柚把視線集中在手上的巧克力棒，巧克力融化了，沾在潔白的手指頭上，看起來黑糊糊的，像泥土。

一顆球飛過來，落在小柚的前方，滾到她的腳邊，汗流浹背的追球人跑過來，朝著她揮舞雙手，小柚把巧克力棒塞進嘴裡，彎身撿起球，丟給了那個追球人，決定轉身去洗手。

太陽和風，巧克力棒和暑假，打工和苦命的人。

這一刻，在小柚的腦袋裡全溶在一起，黏糊糊的，真討人厭，就像手指上的巧克力醬，最好趕快把它洗掉。

在洗手間前，小柚聽到了洗手間裡傳來的說話聲。

「喂，妳們知道嗎？小柚居然說暑假想去打工！我的天啊，那是多麼笨的想法呀，只有苦命的人，才會去打工！我真不懂耶，她爸爸賺的錢已經夠多了，她哪還需要去打工？根本是個虛偽的人。」

小柚認得這個說話的聲音，是小珍。

然後有人接著這麼說：「平常她一副自以為是的模樣，真以為自己是高高在上的公主嗎？隔壁班幾個男生還想追求她，真沒眼光，想一想，有哪個公主的臉上會有那麼多雀斑？真好笑！」

雀斑！好笑！

這次的話，點中了小柚心裡的死穴，的的確確，她最在意的就是臉上的雀斑，不過這也不是她願意的好嗎？如果可以，誰不希望臉上沒雀斑，皮膚白皙得像皎潔的月光。

這是第一次，小柚深刻的覺得，原來外表不一樣的人，內心也有可能不一樣。

真討厭，都是巧克力棒惹的禍，讓她發現了不想知道的事實，讓人無法開心的事實。

2 時空膠囊

暑假開始的第一天，送給小柚的第一個禮物，是躺在餐桌上的一張便條紙，紙上寫著工整字跡——

親愛的女兒，這星期爸爸比較忙，可能會無法離開公司，所以留了一些零用錢給妳，暑假開始了吧？去過妳想過的暑假，祝妳快樂！

「什麼嘛！」小柚生氣的把便條紙揉成一團，丟向敞開的窗子。呼，一道風從窗外吹進來，把紙團吹回來，撞到窗下的櫃子，滾到地上，滾進了櫃子下。

風一下子消失了，可能隨著紙團一起滾進櫃子下黑暗的角落裡了，總之，整個客廳裡又再度靜悄悄，靜得讓人懷疑，好像可以聽到時間走動的聲音，還有因為孤單寂寞而傳出的嘆息聲，然後是小柚自己的呼吸聲。

為什麼總是這樣呢？

小柚忍不住想，她總是孤孤單單一個人，從多年前她的父母分開後，有什麼東西好像也被切割了，她被畫分到單獨一人的區域，除了在學校的時間外，她總是一個人面對整間房子，房子裡的東西，可能是電視、冰箱、衣櫃、或任何一樣東西，但絕對不是人，偶爾父親很忙的時候，他們甚至整個月無法見上一面。

小柚望向廚櫃，還有廚櫃下黑暗的角落，沮喪的嘆了一口氣。

然後，暑假第一天裡的第二樣禮物，在小柚措手不及的情況下，突然降臨，發出滴滴響聲。

手機的亮燈閃了幾次，一封簡訊傳進來，催促著小柚趕緊閱讀。

妳找到打工的工作了嗎？我快無聊死了，如果還沒，我們一起去看電影，怎麼樣？

簡訊是小珍傳送過來的。

「什麼嘛！」小柚生氣的把手機丟到沙發上，她不需要一個在背後說壞話的朋友。

尤其在說了壞話後，還想找人一起看電影，真令人匪夷所思。

傳簡訊的人似乎不死心，手機在沙發上又跳動了幾下，隨著滴滴響聲和閃光，繼續呼喚著小柚。她應該關掉手機，或乾脆拔下電池，以免壞心情繼續增長，在小柚衝到沙發時，一道風剛好從窗外吹進來，躲在櫃子底下黑暗角落裡的紙團被吹出來，順著風嬉戲的方向，被帶到了小柚的腳邊。

然後，第三樣禮物翩然降臨。

門鈴唱起了高亢的歌聲，小柚看了一眼腳邊紙團，決定先開門。

門外站著郵差，懷裡抱著一個郵件。

小柚簽收了郵件，一看到寄件人的名字，感到非常驚訝。

寄件者是小柚自己，看著郵件的包裝盒，泛黃的盒紙像在述說著郵件的年代已經有點久遠，絕對不是二、三年內。

郵差走了後，小柚拿著郵件回到家裡，努力的回想著，這個郵件到底是什麼時候

18
C.H.Liao 2015

寄出的，又是在什麼地方寄的呢？為什麼她一點印象也沒有。

努力的想著，想著，但不管怎麼想，小柚的腦袋裡始終像蒙著一層霧，從霧的這邊往霧裡看，模模糊糊，什麼也看不清楚。

打開郵件後，首先映如眼睛的是一封信，信封上用黑色的筆，大大寫著幾個字——給十年後的我。

信封裡的信，則是這麼寫著：

我問外公，爲什麼世界上會有悲傷？我不喜歡悲傷，明明那麼的不喜歡，但悲傷仍然緊跟著我，就像心臟被用力捏住，痛得幾乎無法呼吸！

外公告訴我，面對悲傷是需要勇氣的，現在因爲我還小，沒有足夠的勇氣處理悲傷。

我不知道，這是眞的嗎？

等我長大了以後，就有勇氣面對所有的悲傷了嗎？

那麼，還要等多少年，我才算長大了呢？

外公告訴我，至少是十年。所以我想試一試，讓外公幫助我，暫時把所有的悲傷都忘記，等我收到這封信的時候，我希望自己已經有足夠的勇氣，可以面對悲傷，處理悲傷。

所以，十年後的我，當妳收到這個郵件，打開這個時空膠囊，我要送給妳五樣東西，希望這五樣東西能幫妳找到勇氣。

願妳能成爲一個有勇氣面對所有悲傷的大人！

「什麼嘛！」小柚嘀咕了一聲，把信揉成一團，氣得扔掉。

一定有什麼人惡作劇，寄了謊稱是時空膠囊的郵件給她，等著看笑話！要不然，如果這個郵件是十年前她自己寄的，為什麼會一點印象也沒有？

真的，她真的一點印象都沒有！

小柚嘆了一口氣，低頭看著躺在箱底的幾樣東西：

一枚戒指，一張郵票、一顆鈕扣、一個陀螺、還有一瓶已經乾燥了的黑墨汁。真不知道這幾樣東西能做什麼？

小柚忍不住的又嘀咕了幾句，但心裡有個聲音，好像從很遠很遠以前，在一個黑暗的角落裡，不斷的發出聲音來。

有一件事情，一件非常重要的事情，一定被遺忘了。

小柚把揉成一團的信，重新撿起來。到底是什麼事情呢？被遺忘了的是什麼事情呢？關於悲傷和勇氣的事，到底是什麼？

❸ 惡耗

「妳知道嗎？總之，不管怎麼說，外婆都希望妳能回來一趟。」

電話筒那端的聲音帶著微微顫抖，等把最後的話說完，再長長嘆了口氣，然後是非常冗長的沉默，接近無聲。

什麼嘛！

小柚在心裡嘀咕著，卻半天不想開口回應，好像和話筒那端的人競賽沉默，誰先開口說話，即是輸家。但，那個人，在話筒另一端的人，明明是媽媽，不是嗎？小柚不明白，在世界上，有媽媽會和孩子競賽沉默的嗎？

小柚甚至忘了有多久沒和她說話了？一年、兩年、還是更久？她甚至忘了，當初父母是因為什麼原因離婚的？

大人的世界，總令人感到複雜不容易懂。

「妳還記得怎麼搭車吧？」媽媽以濃濃鼻音說。

小柚翻翻白眼，無力的朝天空吐出一口氣。「妳跟爸聯絡過了嗎？」

意思是，沒關係嗎？爸爸同意我去外婆家嗎？

感覺上媽媽的鼻音更濃。「我找不到他！」

「留言呢？」小柚的聲音變得沮喪。在爸爸特別忙的時候，通常電話也不接，感覺上她總和機器人在對談，冷冰冰打著沒有溫度的文字。

「我會再試試。」媽媽說完這句話，突然停頓下來。

小柚聽到了擤鼻涕的聲音，聽說人在傷心的時候，除了眼淚之外，還會流鼻水，因為那是真的傷到了心，因為傷心鼻水會不受控制撲簌簌往下掉。

傷心和眼淚，眼淚和鼻水……

小柚張著嘴，半天才從喉嚨裡擠出一點聲音。

「外公……」她突然覺得咽喉像被人用力掐緊，心臟劇烈跳動幾下，腦袋裡跳出了幾個畫面——

黃昏的夕陽下，一部老舊腳踏車，一個寬大背影，輕輕轉頭，對她說話。

雖然小柚已經不記得到底說了什麼，但記得自己坐在後座，哈哈哈開心的大笑。

那是……外公！

那個騎著老舊腳踏車的寬大背影，是外公的背影。

然而，她卻忘了那個寬大背影的長相，彷彿相隔十萬八千里，更像蒙著一層厚厚的紗，模模糊糊，完全記不清楚，臉到底是圓？還是方？是長、還是短？更別說鼻子、眼睛、嘴巴和耳朵的模樣。

「如果不是發生了那件事，現在一切都會不同吧！」

媽媽的嘆息聲悠悠傳來，像一記響雷，一下子敲醒了小柚。

小柚感覺到心裡有股酸酸苦苦的味道，不斷冒上來，敲打著心臟，跳出胃臟，跳到咽喉，溢滿嘴裡。

她想，這或許就是大家形容，傷心的滋味。

傷心和眼淚，眼淚和鼻水……

這幾個字又跳出來，在小柚的腦袋裡用力跳躍，跳出一波一波漣漪，漣漪一圈圈，圈住小柚的心。

「那件事，雖然外公有錯，但我也有錯，妳爸爸更有錯，還有……」

媽媽叨叨說著，但小柚一個字也沒聽進去，感覺有個聲音從內耳一直傳進心裡，模模糊糊，忽遠忽近，好像有個很重要的東西被澈底遺忘了，到底是什麼？是什麼呢？

媽媽的聲音裡帶著哽咽。「怎麼說外公都非常疼愛妳，外婆才會覺得無論如何，都希望妳能來送外公最後一程，小柚……最慢、最慢妳得搭上明天晚上的巴士，因為外公的葬禮會在後天一大早就開始，就當是見他最後一面吧！就當是……」

小柚的耳朵裡開始嗡嗡響著，到底被忘掉的是什麼呢？

這個聲音越來越大，響徹小柚的腦海，緊緊揪住她的心。

❹ 開往媽媽故鄉的末班巴士

從黃昏的時候，就開始斷斷續續下起了雨。

到了夜晚，雨更是淅瀝嘩啦下個不停，坐在巴士上，看著車窗外溼答答的馬路和浸過水的行道樹，小柚忍不住張開手掌，平貼在車窗玻璃上。

傷心和眼淚，眼淚和鼻水……

不知道為什麼，這幾個字又從她的腦海裡跳出來，跳到車窗玻璃上，斜飄的雨像止不住的眼淚，嘩啦嘩啦流淌，而路燈則在大雨中閃著奇怪的光芒，一圈淡淡的黃，像浸了水一樣清涼，失去了平時的溫暖。

小柚望著車窗輕輕呵氣。

「眼淚、眼淚……眼淚是為了發洩內心的悲傷才會產生的吧？」悲傷……小柚想大聲喊出來。

悲傷，我也有呀！

就像那年夏天發生的那件事！

心裡有個聲音，像車外的響雷，轟隆一聲，擊中了小柚跳動的心，在心裡最深最深的地方，有個模糊的影子，那個影子蓋住了一些東西，一件被隱藏起來的事。

妳和她長得非常相似呀，不管怎麼看，都是個小可愛。

非常突然地，影子裡跳出一串話。

而悲傷隨著這串話不停的在內心深處打轉，轉著轉著，很快轉出個窟窿，有嗚嗚的風從窟窿裡吹出來，像一陣又一陣的悲鳴。

心痛。

小柚明白，這樣的感覺叫心痛。

但，無論她如何心痛，都無法掉下眼淚，沒有淚水！

傷心和眼淚，眼淚和鼻水……

這幾個字像風一樣，吹過心裡的窟窿，發出嗚嗚的風鳴，一陣又一陣，每個聲響都觸動著小柚，讓她激動得想尖聲吶喊出來。

轟隆！

車窗外突然亮起的閃電和雷聲，像呼應著小柚內心的吶喊。沒多久，一道閃電又畫過巴士前方不遠的天空，一瞬間，光線照亮巴士裡面。

車上的乘客並不多，除了小柚，還有坐在前排幾位零零散散的客人。雖然是暑假，但因為是深夜裡的末班車，搭車的人實在不多。

轟隆！

又是一記雷響，伴隨著閃電，然後好像是等了幾秒，也許是幾分鐘，車窗外的雨勢突然加大，一會兒斜飄、一會兒直落，巴士前方的道路變得霧濛濛，路燈照亮了道路的一角，那淡淡的光暈朦朦朧朧像流螢的光，隨著巴士前進，不停奔跑，一路狂追吶喊著：別走、別走！

小柚朝著車窗呼出一口氣，指尖在玻璃窗上寫出——眼淚，兩個字，感覺上空空的，對應著心裡的窟窿，無法流下淚水的眼眶，和沮喪的心情。小柚再度朝著車窗呼出一口氣，希望霧氣蓋過玻璃上的字。

轟隆！

在聽到雷聲前，一道閃電從漆黑的天空上劈下來，藍紫色的光照亮了巴士裡一小部分的角落，有個影子在那個角落裡。

是一隻貓。

小柚眨了眨眼。

那隻貓也眨了眨眼，而且慢慢的、慢慢的張開背脊上的翅膀。

5 神奇小灰貓

是誰的貓？居然有人帶著貓上車？還有，為什麼這隻貓會有翅膀？

許多許多問題，不斷跳出小柚腦海，如果她更有勇氣一點，就會站起來，走向前，站到駕駛座旁，大聲問：那是誰的貓？

然而，沒有，她什麼都沒做，什麼也都來不及做。

小灰貓幾個跳躍，一下子就跳上了巴士最後一排的座位，來到小柚面前。

「還記得我嗎？」

小柚本能的抬起一手指著自己。

如果她有戴眼鏡，眼鏡恐怕會從臉上滑下來，碎了一地的玻璃鏡片。但，還好，小柚沒有，也不是屬於驚慌失措就會驚聲尖叫的人。

一隻有翅膀的貓，而且牠會說人類的話！

「我想，妳一定是忘了。」小灰貓嘆了一口氣。

不知道為什麼，小柚覺得可以清楚的感覺到那嘆息聲中的失望。

「我應該記住你嗎？」反射性的，小柚問。

前幾排座位的一個乘客轉過頭來看著小柚。

小柚嚇了一跳，靜止幾秒。那位乘客把手指壓在嘴脣上，暗示小柚安靜，然後就轉回頭，沒再多說什麼。

從乘客的表情和動作看起來，似乎沒發現小灰貓。

不知道為什麼，小柚有大大鬆了口氣的感覺。還好，小灰貓沒被別人發現，真的。

「我……」小柚想再問一次，但雙眼一對上小灰貓像玻璃珠一樣的眼睛，竟有股說不出的熟悉感，腦中的影像如翻倒了的牛奶盒，牛奶從盒子裡慢慢傾瀉出來。

小柚敲敲自己的腦袋，感到非常懊惱。

到底什麼事情被忘記了！

一定有非常重要的事，被澈底的遺忘了。

「看起來，妳好像也不是全都忘記了。」小灰貓說著，低頭舔起兩隻前腳的腳掌。

「你知道我忘記了什麼嗎？」小柚沮喪的弓起身體，把雙腳縮到座位上。

小灰貓停下舔腳掌的動作，斜視著小柚。

小柚感覺到自己正屏息以待。

小灰貓的兩隻前腳往前伸直，伸懶腰似的拉了拉身體，然後緩慢的聳高背脊，站立了起來，以人類的站立方式，伸直兩隻後腳，站立在小柚身旁。

「很重要的一段時光，對人類的生命來說，是非常重要的一段時光。」小灰貓說著，兩隻前掌還在背後交疊。

那感覺怪異到了極點。就像小柚小時候背不出書，把雙手放在後腰，來回踱步的模樣。

「我為什麼要忘記那段時光，我……」聲音突然從小柚的喉嚨裡消失，像被硬物卡住喉嚨，而那個硬物是從腦袋裡跳出來的三個字。

小時候！

對了，問題就出現在小時候。

「那段時光裡有好多人、好多事、好多物。」小灰貓的眼睛閃呀閃，跳動著耀眼的光彩。

「告訴我，我要怎麼……」怎麼找回那段被遺忘的時光。

小柚的心臟撲咚撲咚狂跳，像在警告她，還沒說出口的話是需要多大的勇氣，才能勇敢面對。

「想要找回那段時光，得看妳是否已經準備好足夠的勇氣！」小灰貓背脊上的翅膀抖動了幾下，雪白翅膀被緩緩展開來，預習般的拍了幾下，慢慢往上飛。

一語被道中了心事，小柚又驚又慌，只能硬著頭皮，強裝鎮定。「勇氣，誰沒有？我一直都有、一直都有！」

她像個賭氣的小女孩，明明已經是個高中生，再過幾個月就要滿十七歲了。但，在說這句話時，她就像一個剛從幼兒園畢業，準備要上小學的小女孩一樣。

何況，她還是對著一隻貓說話！

「希望如妳所說，那就真的是太好了。」小灰貓悠悠嘆了一口氣。

「什麼嘛！」小柚聽了很不服氣。

或許是為了呼應她不服氣的心，手機的音樂突然響起，巴士外的夜空閃過今夜不知第幾回的閃電，伴隨著轟轟雷聲。

小柚匆匆忙忙找出手機，螢幕上顯示來電者的名字，是小珍。

小柚不想接電話，但鈴聲響個不停，前幾排的那位乘客又轉過頭來盯著小柚。

硬著頭皮，小柚只好接通電話。

小珍在電話那端滔滔不絕的說著，而小柚卻一句都沒聽進去，很突然地，她的腦袋裡跳過巧克力棒這幾個字。

因為巧克力棒，讓她發現了一些真相，因為巧克力棒她決定和小珍絕交，因為巧克力棒……

有段很重要、很重要的記憶，似乎也和巧克力棒有關，但無論如何努力，小柚都無法想起，那段記憶像被一層紗緊緊蒙住，也像籠罩了一層厚厚的霧，在霧裡什麼東西都被吞噬了。

小柚喘了一口氣，回過神。

小灰貓已經消失不見！

然而，小灰貓說過的話，卻像影子一樣，緊緊纏繞在小柚的心頭。

想要找回那段時光，得看妳是否已經準備好足夠的勇氣！

準備好勇氣了嗎？準備好了嗎？

在內心裡，小柚也一直這麼問自己。

6 古董鐘響了

今晚是個安靜的夜，沒有哭聲的夜。

或許是因為人們習慣把悲傷隱藏在心裡，強裝非常勇敢，亦或是輕易顯露了悲傷，是一種懦弱的行為，於是哭泣聲被強忍在心中，得不到適當的宣洩。

巴士在有點熟悉的圓環旁停下來，小柚從巴士上下來，媽媽站在巴士站牌旁，眼眶紅紅的。

小柚不知道該說些什麼，索性低頭不說話。

媽媽與女兒，本該無話不說、無所不聊，但在多年前發生了那件事後，小柚與媽媽的關係彷彿被一把利刃切開，從此分隔兩地，彼此甚少連繫。

所以從小學直到高中，小柚的成長過程中，並沒有媽媽的參與。

媽媽幾度想開口說些什麼，但話一到嘴裡，卻像被卡住了一樣，因而作罷。

寂靜圍繞著兩人，只有悶沉的腳步，一前一後，陪伴著夏夜裡微悶的風。

走了一段路，是小柚先開口。「爸，妳聯絡上他了嗎？」

媽媽停下來，從背影，看出她嘆了一口氣，然後用力搖搖頭。

「我就知道。」小柚失望的低垂肩膀，無力的往前走。

在越過媽媽身旁，媽媽才像突然被點醒的人偶，跟著恢復腳步，走到小柚身旁，伸來一手，拍拍她的肩，像在安慰她，說著別灰心或傷心的話。

小柚轉過臉。

媽媽還是什麼話也沒說，繼續往前走。

接下來的路程，只有腳步聲伴隨著夜裡微悶的風，還有閃呀閃呀跳動的紅綠燈，直到那條又長又瘦的巷道前，小柚突然停下腳步。

巷道的兩邊是高高的圍牆，茂密的枝葉長出了圍牆。從巷道裡，吹來一道涼涼的風，有別於微悶的空氣，風裡還帶著一股令人懷念的香味，不知為什麼那香味帶著特別的熟悉感。

小柚站在巷子口，輕輕閉上雙眼，香氣中彷彿有雙翅膀，翅膀帶著小柚記憶中的嗅覺一起飛翔。

是……玉蘭花！

沒錯，是玉蘭花的味道。

「快點，外婆在門口等我們了。」媽媽轉過臉來催促。

小柚從玉蘭花香的飛翔裡降落，被拉回到猶如蒙著一層濃霧的現實，外婆站在巷子底一棵玉蘭樹前等著她們。

那些淡淡的花香，就是從這棵樹上飄散出來，深綠色的葉子，白色的花，看起來非常微不足道。

這麼微不足道的花，卻帶著讓人無法遺忘的香氣。

「快點。」媽媽又催促。

小柚深吸一口氣，感到胸口充斥著滿滿的花香，那花香鼓舞著她的勇氣，讓她快步往前走，來到陌生中又帶著微微熟悉感的紅色門前。

外婆站在那扇紅門前，張開雙臂，激動的抱住她。

「噹、噹、噹！」

很突兀的鐘聲響起，每個鐘響都像直接敲進了小柚的心，在心裡深處的那個空洞回響，震撼出更大的嗡嗡聲，嗡嗡的聲音傳遞到小柚的耳朵裡，慢慢擴散占領每個腦細胞，然後很突兀地，她說出了連自己都會感到驚訝的話。

「那個，那個古董鐘……什麼時候修好了？」

外婆放開小柚，用好像突然看到外星生物一樣的眼神，看著她。媽媽也同時露出了驚訝的表情。

小柚被看得很不自在，渾身像爬滿了蠕動的小蟲，急得只想趕快把蟲子趕走，逃離媽媽和外婆的目光。

然後，是外婆先開口，長長嘆了一口氣：「也不知道為什麼，鐘自己又動了起來。」她轉向媽媽，對著媽媽說：「時間不早了，讓小柚先去睡一下，天一亮出殯的儀式就要開始了，免得太累了。」

外婆說完話，讓媽媽帶著小柚進屋，兩人一起走向屋後。小柚依稀記得屋後二樓的房間，雖然記憶裡的影像模模糊糊，但小柚就是記得。尤其是上樓的木造長梯，寬大的梯板，黑得發亮，散發著沉沉的光，像靜靜的沉睡著一樣。

小柚到了二樓，鋪著榻榻米的地板處處充滿溫暖，偷偷傳遞著一股熟悉的香氣，那香氣在呼喚著小柚投入它的懷抱。

於是和媽媽簡單說了幾句，小柚選擇了東邊的一個角落，躺下來，在媽媽離開下樓前，她已經半閉起雙眼，然後沉沉睡去。

在睡夢中，她彷彿又聽到了鐘聲，那鐘聲渾厚有力，迴蕩在她的心間，刺痛著她的耳膜，呼喚她的聲音開始響起，一聲比一聲響亮，一聲比一聲清晰。

「喂，妳還睡！快起來、快點起來，快來不及了，快點起來呀！」

7 紅嘴

「喂，妳還睡！快起來、快點起來，快來不及了，快點起來呀！」

小柚揉揉眼睛，張開惺忪睡眼，很快被眼前發生的事驚醒過來。

「來不及了、來不及了！」那隻貓，在巴士上那隻有翅膀的灰貓，居然站在小柚的左手邊，用力的拉扯著她的手指。

小柚從榻榻米跳起來，由於動作太大，太突然了，小灰貓被嚇了一跳，拍拍翅膀往上飛了大約有三十公分高。

「你為什麼會在這裡？」小柚眨了眨眼，捏了一下自己的臉。

好痛！

她非常確定，沒有做夢。所以和她大眼瞪小眼的貓，是真實存在，而且這隻小灰貓還擁有一對翅膀。

「快點、快點，快來不及了！」小灰貓對小柚的話充耳不聞，慌慌張張的飛上飛下，一直催促著。

「什麼來不及了？」小柚問。

話才開口，噹、噹、噹的鐘聲，隨即回應了小柚的話。那每一聲鐘響，都像巨大鑼聲，轟然敲進小柚的耳膜和心裡。

她清楚的數著，鐘響了四聲。她來到外婆家時是凌晨三點，那時鐘敲了三聲，也就是說她睡了一個小時。

「快點、快點。」小灰貓神情慌張的轉身，往木梯方向飛。

「喂，等一下、等一下。」小柚來不及思考，跟著奔跑起來，咚、咚、咚，三步併作兩步，跑下木造梯，直接衝向前廳。

古董鐘就擺放在外公家的大廳裡，經過迴廊就是大廳，那鐘聲好像還迴蕩著，在整座屋子裡，嗡嗡響著。

「慢一點，喂，慢一點。」小柚大喊。

突然感到屋子裡異常的安靜，除了她和飛在前方的小灰貓，媽媽、外婆和其他人，都到哪去了？

小灰貓轉頭盯著小柚。「不能慢，快還不及了，還有……妳東西帶了嗎？」

「東西？」什麼東西呢？

「能讓妳找出真相的五樣寶貝！」小灰貓喊著，飛向那座古董鐘。

滴答、滴答、滴答，是鐘擺的聲音，像巨大雨點滴入平靜的湖，在湖面上畫開一圈圈漣漪，漣漪往外擴散開來，漫過寂靜大廳，漫到小柚腳邊。

小柚低頭看著雙腳，好熟悉的滴答聲，好熟悉，像從很久很久以前傳來的聲響。

「是……時空膠囊裡的五樣東西嗎？」她也不明白，自己為什麼會想起那五樣東西，那些東西明明平凡無奇呀！

還有……小柚的一手輕輕挪移，緊緊抓住衣服口袋。若要說更奇妙的事，連她自己都無法解釋，為什麼她要把時空膠囊裡的五樣東西隨身攜帶，帶到外婆家。

「沒錯，就是一枚戒指，一張郵票、一顆鈕扣、一粒陀螺、還有一瓶已經乾燥了的黑墨汁。」小灰貓說著衝向古董鐘，神奇的事在這時候發生了。

古董鐘的鐘擺，答答晃動，晃到左邊，玻璃鐘蓋喀嚓一聲打開了，晃到右邊，鐘擺突然變大了，滴答、滴答、滴答、滴答，鐘擺像唱起了歌曲，歌聲飄飄搖搖，傳過來——

遙遠的歌、遙遠的河，河水不停，流呀流；流過小彎、流過田丘，帶走了記憶，記憶裡的河流；不停的流，不停的流，到底帶走什麼？帶走了什麼？

小柚仔細聆聽，突然發現，原來唱歌的不是鐘擺，而是那隻小灰貓！

小灰貓唱了最後一句，突然往前撲，跳到了鐘擺上。

「喂、喂！」小柚大喊著衝上前，不顧一切想抓住小灰貓。

為什麼小灰貓會知道戒指、郵票、鈕扣、陀螺和乾墨汁？為什麼牠唱著河流的歌，歌裡被帶走的到底是什麼？

小灰貓一定知道答案。

知道她遺忘了的事！

「等等我！」小柚奮不顧身往上跳，緊緊抓住小灰貓的腳。

小灰貓轉頭看她，琥珀色的眼珠裡映著像月亮一樣皎潔的光芒，光芒裡閃爍著淡淡藍光，藍光中起了薄薄的霧。

霧！

霧呀——

小柚打起了一個寒顫，明明是夏天的清晨呀，但有道寒意卻像電流一樣從她的腳底板往上竄遍了她的全身，讓她頭皮發麻，手臂上跳起了一粒粒雞皮疙瘩。

那藍光中的霧，就像是她腦海中的霧一樣！

對，就像她腦海中的霧。

在靈光乍現，感覺到意想不到的吻合時，小灰貓突然大聲喊：

「請妳一定要記住我的名字，我叫小灰球！」

鐘擺聲從滴答滴答，一下子變成了滴咚滴咚，左右擺動的鐘擺越盪越高，越盪越用力，房子開始扭曲起來，地板彷彿要裂開了，扭轉成一團。

「啊！」小柚開始尖叫，聲嘶力竭。

「抓緊我的腳！」小灰貓大聲喊，漸漸被吸進了時鐘裡，只剩長長的貓鬍鬚半露在外。「妳一定要記住我的名字叫小灰球！」

小灰貓最後的大喊聲消失了，小柚也被捲入了那道力量中，扭曲、旋轉，旋轉、再扭曲，一種前所未有的壓迫感緊緊擠壓著她的胸口，她感覺自己快吐了，耳朵嗡嗡作響，頭疼欲裂。

在昏過去前，她終於鬆開手，在扭曲和旋轉中，她和小灰貓被分開了。當然，她不知道自己昏睡了多久，亦或是昏過去了多久，直到吵雜的談話聲，吵醒了她。

「紅嘴，你說她是誰呀？為什麼躺在這裡？我最討厭人類了，自私、貪心、又殘忍。」

沒有接下來的對白，像被尖銳利刃刺到的疼痛感直接在小柚腳踝上傳開來，她痛得皺眉尖叫，從地上跳起來。

然後，她先看到了一隻鵝，一隻擁有紅色嘴喙的鵝，然後是一群鵝，牠們正在開口說話。

牠們會說人類的語言？

或是……小柚居然聽得懂鵝的語言！

總之，她聽得懂牠們的談話，牠們在談論她，還有談論著對人類的厭惡，另外正商量著，該怎麼處置她！

8 綠笛

那隻擁有紅色嘴喙的鵝，名叫紅嘴。是這群大白鵝的首領，牠們先討論如何處置小柚，接著又為該派誰去上飛行課而爭論不休。

真是一群笨頭笨腦的呆鵝！

小柚忍不住在心裡嘀咕著。

鵝是不會飛、也不能飛的，難道牠們一點都不知道嗎？

「什麼嘛！」當她這麼說時，剛好對上了紅嘴的眼睛。

紅嘴好像完全聽懂了她的話，高高舉起一隻肥胖翅膀，聲嘶力竭的大喊：「攻擊、攻擊這個殘忍又自私的人類！」

一聲令下，一群大白鵝像潮水一樣湧來，團團圍住小柚，有的啄她的手、有的啄她的腳、衣服，更誇張的有幾隻不斷拍著翅膀，嘗試著躍高啄她的臉。

C.H.Liao 2015

「喂、喂，你們講不講理呀！」小柚大喊，雙手蒙住臉，左閃右躲，閃避著一波又一波的攻擊。

「跟人類是不需要講道理的。」紅嘴氣忿得直拍翅膀。

隨著啪吋啪吋的羽翅拍動聲，鵝群的攻擊更猛烈，小柚的手腳一下子被啄出了許多紅點，為了閃避攻擊，她只好奔跑起來，但不管如何閃躲奔跑，鵝群仍然緊追不放，很快小柚就被幾株長得較高的雜草絆倒，摔在地上。

紅嘴又下了一次攻擊令。「就是現在，啄她！」

啪啦啪啦的聲音響起，鵝群不斷鼓動翅膀，用堅硬的嘴喙攻擊小柚。小柚忍不住疼痛，尖叫起來。她覺得這群鵝不只不講道理，而且充滿暴力，如果她一味閃躲，恐怕會死在牠們的嘴喙下。

「喂，你們在做什麼！」很大的喊聲讓鵝群停止動作。

小柚趴在地上，緩緩抬起頭來。

是一個男孩，看起來像小學生，但個頭長得很高，有一頭很短的頭髮，短得可以看到耳朵，不知道是不是因為這個關係，他的耳朵看起來特別長，有點像小兔子，還有他的手腳都很長，穿著一套刷洗得已經褪色的墨綠色衣褲，模樣看起來有點拙。

「綠笛，我勸你別多管閒事。」紅嘴拍動翅膀躍上前。

名叫綠笛的男孩抬起下巴，看起來他一點也不怕紅嘴和鵝群們。

「你們這樣欺負一個女孩，不會覺得很丟臉嗎？」

除了紅嘴外，其他的白鵝紛紛垂低長長的脖子。

「就算是女孩，也是人類的女孩，而且……」紅嘴的眼裡閃過一道光線，光線消失在某一個點上，造成了像霧一樣難以看清東西的模糊感。「我們大家都沒見過她！」

這句話是絕對性的重點。

鵝群們開始聒噪的討論起來，好像從剛才到現在，牠們完全沒注意到這件事。

綠笛乘機把小柚從地上拉起來。

小柚趕緊拍掉身上的草屑和泥巴。

「請問，這是哪裡？」她最想知道的是，這到底是什麼地方，為什麼鵝會說人話？

「我的名字叫綠笛，妳呢？」綠笛幾乎和小柚同步開口。

鵝群突然停下討論，一堆的鵝眼緊緊盯著小柚和綠笛。

那屏息以待的模樣，真教人啼笑皆非，小柚無奈的翻翻白眼，重重嘆了一口氣。

「我叫小柚。」

模模糊糊的影像越來越清晰，她先是見到一隻會飛的灰貓，然後壞了的古董鐘重新恢復走動，鐘擺滴答滴答響，時鐘隨著鐘擺的晃動變形了，屋子的地板變形了，那一座長長的木梯變形了，她被攪進了扭曲和旋轉中。

對了，那隻會飛的貓叫小灰球！

「鐘聲響了，古董鐘莫名其妙的好了，然後那隻會飛的貓，對了，那隻貓叫小灰球，我是被牠帶來這裡的，沒錯，都是牠害的！」

整理過思緒後，小柚說出了來龍去脈。

聽清楚了來龍去脈，鵝群們突然轉向，那個名叫綠笛的男孩也一樣，他們圍成了一個圈圈，嘀嘀咕咕商討起來，小柚只聽得清楚幾個字。

「鐘響了、鐘響了、鐘響了。」

好像鐘響聲對他們來說是不得了的大事！

「到底……」小柚走上前，想問話，大家卻突然僵住動作，動作一致的昂起頭，瞇起眼，看著遠方，看向天空。

「快起霧了！」綠笛開口說。

鵝群們紛紛點頭。

終於有了決定，鵝群的代表紅嘴說：「你們先回去吧，綠笛是我們還信得過的人類，我留下來，和他一起去找小灰球，看看這到底是怎麼回事。」

鵝群們沒有任何異議，以眨眼都來不及的速度，一下子就各自鳥獸散了。

「現在怎麼辦？」紅嘴問綠笛。

綠笛想了一下子。「小灰球和饅頭的感情最好，所以……找饅頭就對了，會知道到底發生了什麼事！」

紅嘴和綠笛很快達成協議，決定去找他們口中的饅頭。然而，小柚才不管他們要去找誰，是饅頭或包子，對她來說一點都不重要。

她最想知道的是……這裡到底是什麼地方？是哪裡？她在睡夢中嗎？不然……人和動物居然能說共同的語言！

「這裡到底是什麼地方？」在用力拉了自己的臉頰一下，痛到差點大喊出聲後，小柚再也忍不住，豁出去了的問。

綠笛和紅嘴一起盯著她，但不知是誰開口回答。

「謎霧島！」

「啊？」小柚張著嘴。

「謎霧島！」他們又說了一次。

9 穿著紅短褲的小男孩

霧像海浪般湧來，吞噬萬物的動作之快，嚇得讓人連呼吸都來不及，然後四周開始安靜了下來，靜得彷彿可以聽到自己的心跳，噗咚噗咚、噗咚噗咚，一聲一聲像催促的鼓，緊追在後，壓迫著胸腔，像要掏空胸腔裡最後一點的空氣，然後濃濁的呼吸聲開始響起，伴隨著激烈的心跳，舞出讓人頭暈的旋律。

一度，小柚懷疑自己就要暈倒了，何況伸手不見五指的恐懼已經完全俘虜她，她就要失望的死在這片濃霧裡，霧會毫不留情的吸走她胸腔裡最後一絲空氣。

小柚真的這麼覺得，但有隻手，輕輕握住她的，在濃霧裡，在她以為的絕望中，那隻手又溫暖、又充滿力量。

「跟我來，不必害怕，我們很快就到饅頭家了。」

是綠笛，他拉起了小柚的手，在濃霧中一步步堅定的往前走。

紅嘴的聲音開始在一旁嘀嘀咕咕個不停。「原來我以為只是個沒有同理心，被寵壞的嬌嬌女，沒想到還真膽小，不過起個霧，就嚇得差點忘記怎麼呼吸！」

「紅嘴。」綠笛斥責的喊。

「誰說我害怕了，我、我……」小柚惱羞成怒。

不過，她不害怕才怪。

而實際上她是該害怕的，不僅僅小柚該害怕，綠笛也害怕，紅嘴更是怕得要死，或者應該說，整個謎霧島上的人、動物，都害怕得不得了，對於起霧後的謎霧島，在霧中隱藏著的可怕妖怪。

「現在，不是談這些話的時候，快一點，我們先趕到饅頭家比較重要。」綠笛說著，加快腳步，小柚幾乎被拉著走。

很意外的，紅嘴居然也閉起嘴巴，不再發表意見。腳步加快的聲音，在伸手不見五指的霧裡，聽起來格外清晰，也格外增添著緊張感，不知走了多久，風開始變強，然而霧不但沒被吹散，甚至越來越濃。

小柚再也克制不住，腦袋裡有一大堆問題，那些問題跳呀跳，每個都急著找出答案。

「我為什麼會到這裡？我是說……謎霧島？」

綠笛的腳步一點也不敢放慢下來。

「鐘……鐘聲響了！」似乎是猶豫了一下，綠笛說。

「鐘聲響了？我不明白……」小柚實在不明白。

紅嘴很生氣，對於小柚充滿著疑惑的口氣。「妳當然不會明白了，自私的人類！」

「紅嘴別這麼說。」綠笛雖然放緩口氣，但不知為什麼，從他語氣中，小柚卻感覺到，綠笛怕紅嘴說溜嘴，說出什麼不該說的話。

「這裡有十年沒有變過了，從那個鐘停止走動開始。」紅嘴不吐不快的說。

十年？鐘？停止走動？

小柚心裡的疑惑越來越多了。

「我不知道，也就是說……」鐘停止走動、這裡沒變，都跟她有關嗎？開什麼玩笑！

小柚一下子無法接受，自己怎麼可能和這座……什麼謎霧島有關呢？而且，聽起來，她還可能是罪魁禍首！

「喂、喂，是誰在哪裡？快、快，你們快點過來！」幾道光在霧裡閃呀閃，喊叫聲隨即傳來。

風轉得更強，風向變了，濃霧稍稍散了一些。

隨著光線和叫喊聲，可看見前方有一道長長的紅磚牆，紅磚牆的另一邊是隨著狂風擺動的樹木枝條，葉子在風中沙沙響，像響徹雲霄的警報聲，紅磚牆的底端是光線的來源，隨著光線越來越亮，越來越接近，可以見到有個穿著紅色短褲的男孩，手裡拿著一把老舊手電筒，站在光源處。

「饅頭！」紅嘴開心的大喊，快步往前衝。

若問牠，在人類裡相信誰，牠只相信綠笛和饅頭。

「快點、你們快點過來，另一波的濃霧又快來了！」饅頭跑了過來，在微弱光源照明下，這是小柚第一次見到這個名叫饅頭的男孩。

不知道為什麼，她覺得這個男孩特別眼熟，也特別投緣。

直覺的，小柚喜歡這個男孩。

雖然男孩打著赤腳，還穿著小柚最討厭的紅色短褲，但他的笑容非常燦爛，燦爛的笑容讓人感到非常溫暖，打從心底喜歡。

⑩ 不能說的祕密

屋子裡點上了一盞一盞的燈，每盞燈的光亮雖然不大，但卻能讓人安心，因為燈光能驅走黑暗，黑暗裡通常隱藏著恐懼。

人一向如此，害怕看不見的，害怕未知的，害怕聞所未聞的，害怕就隱藏在人的心中，伺機而動。

「為什麼起霧後，你們的模樣看起來都很害怕？你們怕霧嗎？」小柚坐在靠牆的籐椅上，想了想後，問饅頭。

饅頭皺著眉，看起來好像有許多憂愁。

一個七、八歲的小男孩，應該無憂無慮，不管如何都無法把煩惱和他那張充滿著稚氣的臉龐交疊在一起。

「妳這麼問我們，好像妳一點也不怕。但剛剛在霧裡，明明不知道是誰怕得要死呀！」紅嘴在屋子裡踱步，鵝走起路來的模樣一拐一拐的，說有多滑稽就多滑稽。

「是呀，我是怕得要死。」小柚承認，剛剛她確實非常害怕，害怕得幾乎喘不過氣來。

但，現在認真想起來，是濃霧讓她喘不過氣？還是因為看不見東西的恐懼，壓抑得讓她喘不過氣？恐怕是後者。

「那是，因為我莫名其妙被帶到這個地方，我根本一點準備也沒有，我不知道自己為什麼會出現在這裡，還有……你們提到了鐘，那個古董鐘，到底是怎麼回事？」

饅頭看著綠笛，綠笛看著饅頭，然後他們兩人的目光一起望向紅嘴。

對於小柚的話，尤其關於古董鐘的話題，似乎隱藏著什麼祕密，從他們的眼神裡就可以看出一二，但卻絕口不提。

是不能說，還是……

紅嘴輕輕咳了幾聲，怎麼說咳嗽聲發自一隻鵝，除了怪異還是怪異。

「別說得好像妳一點責任都沒有，這十年，我們可也都不是好過的！」紅嘴嘀嘀咕咕的說。

十年？又來了！

「什麼十年不十年的，我不是說過了嗎？我是莫名其妙被帶到這裡來的，怎麼說都是個受害者，請別把我說得像個加害者！」一堆問題在小柚的腦袋裡轉呀轉。

她想，她一定是沒睡醒，還沒睡醒，應該是這樣。否則怎會遇到一隻會飛的貓、會說人話的鵝，還有……

很用力的，小柚又拉了自己的臉頰一下，模樣非常滑稽。結果，和第一次一樣，她仍然痛得齜牙咧嘴，只差沒大喊救命。

「妳不是在夢裡。」綠笛抱以同情的目光。

饅頭和紅嘴也一樣。

他們都同情她，同情……小柚沮喪得不知該如何是好，饅頭和綠笛同情她，或許還可以接受，但紅嘴就……怎麼說，牠都是隻嘴巴又壞、又粗暴的呆頭鵝。

或許同情心真的能改變一個人的態度，鵝可能也可以。

綠笛、饅頭、和紅嘴擠在一起，拉開距離，讓小柚聽不到他們談話的距離，嘀嘀咕咕討論著，而且很快就有了決定。

他們派綠笛上前。

綠笛的個子高，雖然年齡比小柚小了很多，但身高只略矮了一些，手長腳長，嗓音聽起來也正處於變聲的階段。

「我想，我這麼說吧！」綠笛說著，朝饅頭和紅嘴看了一眼，他們投過來鼓勵的眼神。「在謎霧島上，能說的，我們就直接對妳說明；不能說的，我們會想辦法繞個圈子告訴妳。」

「什麼是能說的？什麼又是不能說的？」原來，這裡還有不能說的！

「笨蛋，能說的，就是能說的，不能說的，當然就是祕密了。」紅嘴忍不住插嘴。

饅頭趕緊拉住牠的脖子，就怕紅嘴說出了什麼，後果不堪設想。

「都是她，我看，我們遲早會被她害死。」紅嘴忍不住連連抱怨。

綠笛走過來，揉揉牠的脖子，終於安撫了紅嘴的脾氣。

「我們告訴過妳，這裡是謎霧島。」綠笛轉向小柚。「會出現在這裡的人，或是動物，都是因為失去了某些東西，所以才出現在這裡。」

失去了某些東西！

在說出接下來的話之前，小柚一手指著自己。

失去了東西……如果這裡所謂的東西，指的是她的眼淚，那麼確實她是失去了眼淚。

小柚心裡有滿滿的無奈，「只有找回失去的東西，才能回家嗎？」

她想回家，一點也不想留在這裡。

看她安靜下來，綠笛問。「妳說妳遇到了小灰球？」

小柚點頭。

綠笛繼續說：「鐘聲響了，鐘帶著妳來到這裡？」

「是的。」小柚又點頭，然後舉起一手。「我可以問你一個問題嗎？」

綠笛看著她，思考了一下，「當然。」

「我怎麼回家？」小柚說。

「得靠妳自己尋找。」綠笛的眼裡閃著光，那光線充滿了溫暖，讓人感到無比勇氣。

「那……現在該怎麼辦？」靠自己尋找？該如何找呢？

小柚可以感覺到那股勇氣，但心口涼涼的，勇氣……勇氣……不由得，她的腦袋裡閃過了小灰貓說過的話——

想要記起那段時光，得看妳是否已經準備好足夠的勇氣了嗎？

準備好了嗎？她準備好了嗎？

「我想，我們應該先找到小灰球。」饅頭說。

「別開玩笑了，現在外面起霧了，說什麼我也不出門！」但，紅嘴卻這麼說。

⓫ 黑夜降臨後的妖怪

看著窗外愈來愈濃的霧，小柚低頭盯著自己的手掌，手掌上用藍色原子筆寫著謎霧島三個字。從字面上看起來，謎霧島的謎字，是隱語、不易解釋、預測的事。至於，霧呢……

小柚轉頭又往窗外望一眼，霧就是目前窗外白茫茫的自然現象。

「這裡每天都會起霧嗎？」小柚問了坐在身旁的饅頭。

饅頭點了點下巴。

小柚努力想擠出好看的笑容。「如果像綠笛說的，每個來到謎霧島的人或動物，都是因為失去了某樣重要的東西，那……你失去了什麼？」

饅頭的表情突然變得僵硬，好像小柚問的是什麼可怕的問題。

「這……是不能問的嗎？」小柚有罪惡感，讓一個小男孩不知所措。

饅頭搖搖頭。「也不是啦……只是……」

「只是在這裡，沒有人會去談論這件事。」紅嘴的長脖子伸過來，有妖怪電影畫面的感覺。

小柚把紅嘴的脖子推開。「為什麼不能談？那，你這隻呆頭鵝，又是失去了什麼才會出現在這裡？」

綠笛突然插話。「不去談，是因為……這裡曾經被下了咒語。」

「什麼？」小柚望著綠笛。

「笨蛋，就是因為咒語，所以才會有能說的和不能說的。」紅嘴毫不留情的說。「譬如，妳問的事，就是非常不禮貌的，只要有一點點修養的人，都不會提出這個問題。」

「喔，是這樣嗎？」小柚實在很討厭這隻呆頭鵝的態度。「那麼，換問別的事情，可以嗎？謎霧島的霧，是怎麼回事？還有，你們剛剛說什麼十年、十年，到底是什麼意思？為什麼鐘聲響了，我會被帶來這裡？還有……」

「喂，妳是問題少女嗎？妳的問題未免也太多了吧！」紅嘴再次打斷小柚的話。

如果不是流落在這裡，小柚真想掐死這隻鵝。

「我想……我們應該還是先去找小灰球！」饅頭的眼神始終飄向窗外，這點小柚從一開始就注意到了。

「找小灰球？」紅嘴緊張的跳起來，從拍動的翅膀可看出牠的激動。「現在外面全是霧，就算你們用最鮮美的嫩葉來誘惑我，我也不去！」

「為什麼不去？」小柚也希望快點找到那隻貓。

紅嘴停下跳躍動作，瞪著小柚。「如果妳想保住小命，最好別去。」

「為什麼？」霧會要人命？小柚第一回聽到。

絕對沒這回事，是這隻呆頭鵝太膽小。

「妳的問題可真多耶！」紅嘴卻懶得說明。

綠笛皺著眉頭，他已經在屋子裡來回踱步了許久，直到再一次和饅頭交換了眼神，才停下腳步，就像剛才一樣，他想還是由他來說明一切。

「那個，在謎霧島上，通常起了霧後，我們就不出門。」

小柚雙眼發亮的看著他。「為什麼？」

她想，繼續在這島上多待一點時間，她就會變成好奇兒童，或許很快就能問出十萬個為什麼。

「因為……」綠笛思考過，盡量別嚇到小柚，但有關身命安全的事，還是說清楚好。「霧裡面有妖怪。」

「妖怪！」假的吧？

小柚的反應果然很大，不過不是被驚嚇到，而是用以種暴笑的眼神看著綠笛。

綠笛的目光慎重，表示他並沒有開玩笑。

小柚又轉向饅頭。

饅頭的表情一樣，甚至還皺起了臉。

小柚不死心，轉向紅嘴。

紅嘴把長長的脖子轉開。「起霧之後就像在黑夜裡行走一樣，而謎霧島的黑夜是屬於妖怪的！」

小柚聽了嘆了一口氣。

什麼嘛，真的有妖怪！但，是什麼妖怪？

「單眼巨人嗎？」她問，接著又說了腦海中所有拼湊出和妖怪有關的模樣。「三頭蛇？脖子像蛇一樣長的女人？還是……」

「因為危險，我們更應該去找小灰球。」饅頭打斷了小柚的話，直挺挺站著。

綠笛想了想，點點頭。

「要去你們自己去，我可不去。」紅嘴哼著聲，退到牆角。

「如果你們要去找那隻貓，也算我一份！」小柚大聲說。

除了找出那隻小灰貓，她才能順利回家，還有……她一點都不相信，這世界上怎麼可能會有妖怪！

⓬ 森林裡的鼠氣

饅頭找出了四把手電筒，每人一把，並且帶上茶壺和簡單的乾糧，離開家裡，一路往濃霧裡走。

饅頭走在最前面，紅嘴緊跟在後，再來是小柚，綠笛則墊後。一走進濃霧裡，難免緊張得繃緊神經，讓人嘴巴開始碎碎念不停。

「都是妳害的，自私的人類，如果我在濃霧裡遇難，絕對要拖著妳一起下水。」紅嘴害怕得聲音都顫抖了。

「是的、是的，如果你看到了妖怪，請大聲喊出我的名字，讓妖怪來抓我好了！」小柚翻白眼，只用了一句話，她就讓信誓旦旦說著：怎麼也不肯離開屋子的紅嘴，氣忿的一起出門。

「聽說膽小的人藉口特別多，而且還老是說別人自私、自私的，其實自己比任何人都自私！」

就因為這樣一句話，紅嘴跟著一起出門找小灰球。

「噓！」希望小柚別再和紅嘴鬥嘴，綠笛拉了她一下。

說實在，小柚很討厭聽到這種噓聲，像在說她是一個吵鬧不休，安靜不下來的小鬼。

她才不是小鬼，她已經高中二年級，過了這個暑假即將升上三年級，然後再過幾個月，她就會滿十七歲，可以順利擺脫孩子的陰影，進入到大人的階段。

擺脫孩子的陰影……不知道為什麼，小柚的腦海裡反覆重複著這幾個字。

「噓！」然後，又是噓聲傳來。

這次是走在隊伍最前面的饅頭發出的。

「噓！」當饅頭再度發出噓聲，紅嘴、綠笛和小柚趕緊靠過來。

前方發生了什麼狀況嗎？

小柚忍不住這樣想，但……擺脫孩子的陰影，這幾個字卻莫名其妙的依舊流連在她的腦海中。

饅頭把手電筒的光線壓低，綠笛和紅嘴跟著做出一樣的動作。

「你們有聞到了什麼味道嗎？」饅頭閉起雙眼，抬起下巴在空氣中嗅聞。

「有嗎？」小柚跟著做出一樣動作。

但，她什麼也沒聞到。不過風向改變了，濃霧在慢慢移動中，在手電筒光亮所能照到的盡頭處，似乎是一片廣大的樹林。

「我沒感覺，綠笛你呢？」紅嘴緊張的躲在綠笛身旁。

綠笛安靜的站在濃霧裡，隨著風輕輕呼吸，過了一會兒，他指向那片廣大的樹林。

「我聞到了。」綠笛說。

饅頭連連點了好幾次下巴。

「什麼嘛！」小柚不信邪，為什麼她什麼氣味也聞不出來？「沒有呀，我什麼都沒聞到，到底是什麼？」

她邊說著，邊將手電筒的光源往樹林裡照。

綠笛捉住她的手，制止她照射的動作。「樹林裡有東西。」

聽到有東西，紅嘴緊張的躲到大家的後頭。

「什麼東西呀，該不會是……」紅嘴渾身打起一陣寒顫，身上的羽毛喀喀響了起來。

「應該是老鼠。」綠笛和饅頭互看了一眼，有默契的一起開口。

「什麼嘛！」小柚嘆了一口氣，只是老鼠，有必要這樣緊張兮兮嗎？

綠笛把小柚拉到他的後面，顯現出男子氣概。「等一下進了森林後，記住不要走丟，一定要跟著我，知道嗎？」

「森林？怎麼看都是一片樹林而已呀！」如果不是搭著濃霧，這樣的樹林，她才不看在眼裡。

不由得，有些畫面閃過她的腦海。

在很久很久以前，她好像常常奔跑在這樣的樹林裡，陽光從枝葉上撒落下來，晶晶亮亮，晶晶亮亮，像有幾百隻眼睛同時對她眨動，還有風吹過枝葉所帶來的美妙歌聲，沙沙沙，沙沙沙……

「聽綠笛的話就對了，什麼不過是一片樹林而已，真是不知天高地厚的傻女孩！」紅嘴碎碎念的斥責聲，把小柚從樹木的低語聲中拉回來。

小柚故作鎮定的白了紅嘴一眼，並且把手電筒的光源照在牠的臉上。

紅嘴呱呱叫了兩聲，想繼續罵人，但被饅頭和綠笛阻止了。

「這麼濃的老鼠味，就表示森林裡一定有老鼠聚集。」綠笛說。

饅頭點點頭。

「沒道理，霧這麼濃，難道那些鼠輩們不怕霧裡的那個……」紅嘴把嘴巴摀上，差點就說出妖怪的名稱。

小柚抬頭，努力嗅聞。

還是聞不出來，哪裡有老鼠的氣味呀！

「小灰球，最討厭老鼠了。」饅頭說。

綠笛點著下巴。

紅嘴突然間想起來。「老鼠也最討厭小灰球。所以，在這麼恐怖的時刻，這些老鼠不躲起來，卻聚在這裡，會不會……」

「沒錯！」綠笛彈了一下手指，發出啵一聲。

「你們是說……有翅膀的灰色小貓，可能被老鼠綁架了！」小柚終於聽懂他們在說什麼了。

但是，會不會太誇張了？老鼠綁架貓！說什麼她也不信。

13 騙局

霧在樹木和樹木間穿梭，流轉，最後瀰漫，籠罩整座樹林，在霧裡所有東西看起來都模模糊糊，就算有手電筒，光源也不足以照亮一切。

「救命呀、救命呀，誰來救救我們呀！」

才走進樹林裡，呼救的聲音此起彼落，注意聆聽，是從前方不遠處的兩棵老榕樹間傳過來。

「在那裡。」小柚說著，一馬當先往前衝。

後方的綠笛想拉她都來不及，只好跟著奔跑起來。

果然，繞過了幾棵比較小的樹，兩棵高大的榕樹即出現在眼前，然後小柚突然煞住腳步。

她大口喘氣，驚訝的看著前方。

幾步外，在大榕樹底下，有團白色的東西，不停的抖動，而那呼救的聲音就是從牠的嘴裡，不斷傳出來。

「救命呀、救命呀，有好心的人呀，快來救救我們呀！」那團白色的東西，站直了腰，轉過身來，剛好對上小柚手電筒的光。

一隻小小的手抬起，遮在尖尖的臉和嘴上。

小柚大大喘了口氣。

是隻老鼠！

原來是隻白色的老鼠，居然長得和紅嘴差不多高。

白老鼠的臉上布滿皺紋，嘴角上的鬍鬚又細又長，牠像人一樣以雙腳站立，前足則在胸前輕輕交疊，看起來像非常有禮貌的拱著雙手作揖，而又黑又亮的眼裡則滲著大大淚滴。

「好心的人呀，快來幫幫我呀！」一見到小柚，大白鼠彎著腰，一拜再拜。

「怎……怎麼了？發生什麼事了嗎？」雖然已經慢慢適應，但和一隻老鼠說話，小柚心裡很難適應。

「那裡、在那裡……」大白鼠細小的手，指往榕樹後方。「請救救我的朋友，我的朋友被……」

小柚像被催眠似的往榕樹的方向走，還好突然跑來的綠笛，即時拉住她。

小柚的手電筒光源，打在大白鼠的臉上，白鼠又黑又亮的眼睛仍然沁著淚水。

「救救我們，好心的人呀，請救救我們吧！」牠祈求的聲音聽進耳朵裡，像毒藥一樣的滲進心裡，心難過的絞痛起來。

「我們幫幫牠吧！」小柚看著綠笛。

饅頭走上前，拉住小柚的另一手。「這個白鼠婆婆最會騙人了！」

「別傻了，牠是騙妳的！」紅嘴張大扁扁的嘴，大聲說。

綠笛的耳朵動了動。「白鼠婆婆，這次妳又再玩什麼把戲了？」

白鼠婆婆開始大大拭淚，嗚咽著聲音說：「你們怎麼就是不相信我呢？好心的女孩呀，妳別聽他們胡說，我是真的需要幫忙，請妳千萬別見死不救。」

「哼！」紅嘴搖著肥胖的屁股，來到白鼠婆婆身旁。「妳這一次又想什麼害人的壞點子？」

白鼠婆婆淚眼汪汪，像在說冤枉，天大的冤枉。

「我知道不管我如何說，你們是不會相信的，但如果你們不信的話，可以親眼看看呀！」

彎著腰，白鼠婆婆轉身，痀僂著身體往前走，穿過大榕樹。

小柚看了看綠笛和饅頭，然後推開他們的手，大步往前走。

紅嘴仍然碎碎念。「我看，我們還是別過去，不聽話的人，就讓她去吃虧好了。」

綠笛和饅頭卻連猶豫都沒有，他們跟上腳步，就怕小柚出事。

紅嘴很無奈，嘴裡雖然繼續碎碎念，但還是跟著往前走。

從兩棵大榕樹中間穿過，本應該不是什麼困難的事，但榕樹因為年歲已久，樹根盤成了大大一坨，高高隆起，凸出地面，而且有些掛在樹上的樹鬚，經年累月向下伸展，鑽進了地面，又形成新的枝幹，讓小柚走的困難。

好不容易站在榕樹根上，小柚抬頭看見白鼠婆婆動作熟稔的爬過樹根，指向前方。

「你們看，你們快看呀！」牠說著，又嗚嗚咽咽的哭了起來。

順著牠指的方向，小柚看到了一團黑嚕嚕的東西。

「那是什麼？」小柚皺了皺眉。

「什麼？妳居然說……那是什麼！」白鼠婆婆哇一聲，大哭出來。

「妳這個臭鼠輩，會不會哭得太誇張了？」紅嘴推開白鼠婆婆，往前方望，突然間停住，什麼話再也說不出來。

小柚發現，紅嘴甚至誇張的顫抖了起來。

「綠笛、饅頭，你們快看。」紅嘴結結巴巴的說。

綠笛上前，饅頭貼在他的身邊，當兩人的視線一起向前拉，看見大概五、六步距離外，一顆大石頭旁的一團黑嚕嚕的東西時，綠笛和饅頭也呆住了。

「那是……」饅頭的聲音顫抖。

「我想是的，那一定是……」綠笛也一樣。

小柚覺得他們實在太大驚小怪了。「雖然那東西黑嚕嚕一團，看起來很噁心，但你們也沒必要這麼大驚小怪好嗎？」

「什麼我們大驚小怪？妳這個無知的、的……」紅嘴一時詞窮想不起罵人的話。

「又笨又無知的人類！」白鼠婆婆哈的笑了一聲，笑聲裡好像在說——中計了、中計了，真好騙！然後，牠還是接著把話說完。「他們會害怕是因為，那黑嚕嚕一團東西，是個黑色泥人！」

說到這兒，白鼠婆婆張開雙手，使盡全力往前推。

第一個絆住腳的是饅頭，然後就像連鎖效應一樣，綠笛也跌倒了，接著是紅嘴，當他們一起壓向最前方的小柚時，小柚很自然的往前摔。她想，這次完了，從大榕樹的根上往下跌，直到大石頭和那團黑嚕嚕的東西前，地面的落差大概有一個樓層高，一路是下坡。

她想，他們會摔得渾身是傷，然後撞上石頭，接著是暈倒。但另一個可能，摔得渾身是傷後，是撞上那個黑色泥人！

然後，一身是泥。

沒錯，她記得白鼠婆婆是這麼稱呼那團黑嚕嚕的東西——黑色泥人！

用黑色泥巴，塑成的泥人。

⑭ 黑色泥人

在滾下坡的第一時間裡，連小柚自己都無法相信，閃過腦海的居然是巧克力棒。

時間，好像是很久很久以前，一個裝著巧克力棒的盒子，從高處掉落，就像她此刻的處境一樣，然後啵一聲落在地上，紙盒蓋掀開了，從盒子裡滾出了幾根餅乾棒，餅乾上沾著泥巴，裹著巧克力的一端也沾上了泥巴。

然後，有個影子，非常模糊的影子，跳出來，又哭又鬧的指著小柚的鼻子罵。

「我不管、我不管，還我巧克力棒、還我巧克力棒！」

最後，那個影子還用力推了小柚一下，小柚跌倒在地，額頭、鼻子和嘴巴，全是泥巴，她想跳起來，破口大罵，但腦中的影像卻因為紅嘴的碎碎念，咻一下，消失無蹤。

紅嘴的嘴巴沒停過，就算在摔跤一路往下滾的過程裡也一樣。

「看我們做了什麼傻事？簡直笨得比豬笨，呆得比鵝呆，才會相信那隻鼠輩說的話！」

牠口無遮攔的程度，甚至到了忘記自己是隻鵝，把自己都罵進去。

果然，是呆得比鵝還呆。

小柚忍不住這麼想，身上因為滾動而傳來的疼痛應該遠遠不及等一下撞擊到石頭或黑色泥人的疼痛吧？

腦中才閃過這個念頭，她就看到自己、綠笛、饅頭、和紅嘴，居然開始往下掉落，好像掉入了一個無底洞，可能會一路掉落到地心為止。

小柚真的這麼認為。

但，當身體碰觸到一個像網子的東西時，她既驚喜又疑惑。原來，他們並不會掉到地心，不會摔得粉身碎骨，但是誰會在這個洞穴的上方架一個網子呢？

小柚的驚喜還在，疑惑卻很快被解開。

「糟了！」綠笛、紅嘴、和饅頭齊聲喊。

旁邊傳來很突兀的鼓掌聲，啪啪啪啪，似乎不只有白鼠婆婆。

「看看呀、看看呀，我等這機會，不知等多少年了。」白鼠婆婆站在地洞旁，嘿嘿嘿的笑著。

然後，牠的背後突然冒出了許多的影子，一隻隻比牠略小一點的灰鼠，出現在地洞旁，把地洞圍成了一個圓。

「喂，妳怎麼能這樣對待我們？」在網子上，小柚掙扎了一下，朝著白鼠婆婆大聲吼。

吼完，她馬上發現一件可怕的事──手居然無法抬起，腳也一樣，甚至身體也被壓在下面的網子，緊緊黏住。

這是一張什麼可怕的網子呀？

「妳這個笨蛋，白鼠婆婆本來就是這樣。」紅嘴瞪著小柚，接下來的話馬上印證了她的想法。「而且，我們現在應該擔心的是如何離開這個，可怕的蜘蛛網。」

蜘蛛網？

不會吧！

世界上哪有這麼大的蜘蛛網？什麼樣的蜘蛛，會吐出像繩索一樣的絲？還有……如果真有這樣的蜘蛛，他們恐怕會被當成小蟲子吃掉吧？

一想到這裡，小柚渾身打起了寒顫。

「饅頭，小刀。」與他們相較，綠笛還是鎮定多了。

饅頭在網子上蠕動，把雙腳彎成弓形，像隻名副其實的毛毛蟲，把右邊短褲口袋朝向綠笛。

綠笛盡量伸長手，在饅頭的口袋裡摸了幾下，很快找到了小刀。但，還是來不及，在他把困住自己的蜘蛛絲割斷前，白鼠婆婆已經指揮著灰鼠們，先割斷一邊的蜘蛛網，並且趁著小柚、紅嘴驚嚇的尖叫聲未止，利用另一邊的網子，把他們往上拉，拉到地面上，並且將他們牢牢的綑綁在網子裡。

「妳準備對我們怎樣？」綠笛壓低嗓音問。

「妳想帶我們去哪裡？」饅頭和紅嘴一起問。

「那個、那個……那個動了！」小柚說出口的話，卻和他們不一樣，因為她發現……那一團黑嚕嚕的泥人，居然動了起來。

大家把視線同時轉向黑色泥人。

只見泥人眨了眨眼，抬起一手，敲了敲胸口，又敲了敲雙腳，再敲敲屁股和另一隻手，然後黑嚕嚕的泥巴開始剝落，乾燥剝落的黑泥後，是隻毛茸茸的手、毛茸茸的胸膛、毛茸茸的腳、毛茸茸的臉，黑亮亮的雙眼，還有黑色的毛。

「黑鼠公公。」綠笛、饅頭、和紅嘴，一起氣忿的大喊。

原來這隻擁有黑色皮毛的老鼠，就叫黑鼠公公。

「哈哈哈，白鼠婆婆呀，沒想到妳的方法，還挺有效的，讓我扮成黑泥人，果然一下子就騙過了他們。」黑鼠公公得意的說。

白鼠婆婆輕咳了幾聲。「這只能說是我們幸運，你看到那個女孩了沒？」牠指著小柚。

小柚不服氣的回瞪著牠。

「看她的表情和他們剛剛的對話，就知道他們一定還沒把黑色泥人的事告訴她。」白鼠婆婆嘴角咧得更開，奸笑著。

「啊！」黑鼠公公停頓幾秒，也跟著奸笑起來。「不如……就讓我來代勞告訴她，在我們這裡什麼是黑色泥人！」

白鼠婆婆對著牠點頭，轉身命令灰鼠們。「把他們帶走！」

灰鼠們聽話的扛起了小柚、綠笛、饅頭、和紅嘴，嘿呦嘿呦的往樹林深處走去。

⑮ 黑鼠公公和白鼠婆婆

「黑色泥人，到底是什麼？」小柚已經受夠了，為什麼這個地方有那麼多像霧一樣的謎團。

可以說的、不能說的，現在她已經受不了，希望有人可以告訴她，她想知道、應該知道的所有事情。

「黑色泥人……」黑鼠公公呵呵笑，裝出一副慈祥模樣。「說了不該說的話，在起霧後，妖怪就會找上他，結果就是變成黑色泥人！」

「變成泥人！」小柚眨眨眼。「為什麼？」

「為什麼！這個女孩居然問為什麼耶！」黑鼠公公嘿嘿的笑，興奮得跳到白鼠婆婆身旁，以兩腳站立，前腳抱胸，昂起頭，顫動著嘴邊又長又細的鬍鬚。

「可憐的女孩呀！」白鼠婆婆露出同情眼神。「曾經我的小孩也和妳一樣無知，然後……」

彷彿說到了傷心處，白鼠婆婆開始嗚嗚咽咽的哭了起來。

「然後牠就變成了黑色泥人，一直到今天為止，都站在森林最深處的灌木叢裡。」黑鼠公公嘆了一口氣，遞給白鼠婆婆一條手帕。

白鼠婆婆擦擦眼淚。「我的孩子是無辜的，牠是被陷害的！」

說到這兒，白鼠婆婆的雙眼突然亮了起來，眼裡像點燃了兩簇火炬，熊熊怒火中燃燒著永無休止的仇恨。

「都怪那隻可恨的貓！」最後，白鼠婆婆咬著牙，淚眼婆娑的吼出了心裡的怨恨。

「貓。」不知為什麼，小柚腦海閃過了小灰球的影像。

紅嘴提醒小柚。「喂，妳別再問了，根本是雪上加霜。」

一樣被綑起來，扛著走，綠笛和饅頭顯得安靜許多，尤其饅頭，當白鼠婆婆提到貓時，他甚至故意的把視線轉開。

「現在已經沒關係了。」白鼠婆婆的話一轉，嘴角居然飄起了輕輕笑容。「我和黑鼠公公已經為我們的孩子，找到了可以解除牠身上咒語的方法了。」

「真的嗎？」饅頭突然開口，聲音既驚訝又激動。

綠笛想阻止他，大聲喊了饅頭的名字。

「當然是真的。」白鼠婆婆的嘴裡發出嘿嘿奸笑聲。「蜥蜴人告訴我和黑鼠公公，只要把你們交給牠，牠就有辦法幫我孩子解除黑色泥人的咒語。」

「牠是騙妳的！」紅嘴忍不住大聲說。

「不！」這次換黑鼠公公大喊。「蜥蜴人絕對有辦法，聽說那隻可惡的貓被牠抓住了，而那隻貓說出了一個天大的消息。」

「什麼消息？」綠笛、饅頭、和紅嘴異口同聲問。

黑鼠公公和白鼠婆婆互看一眼。

綠笛和饅頭的雙眼緊盯著牠們，屏息以待。

黑鼠公公嘴邊的鬍鬚像章魚觸鬚一樣的動起來。「鐘……鐘聲響了！」

鐘聲響了！

小柚失望的嘆了口氣，還以會聽到什麼不得了的消息，原來……只是鐘聲響了！

「鐘聲響了，有什麼了不起？」什麼嘛，為什麼大家對於古董鐘重新開始走動，並且敲響了鐘聲，會覺得是天大的事？

黑鼠公公和白鼠婆婆同時倒抽一口氣，四隻眼睛亮熒熒的瞪著小柚。

「有什麼了不起？她居然說有什麼了不起！難道她不知道，從鐘聲停止的那天起，賀卡卡咒師的詛咒，就開始了！」白鼠婆婆激動的喘著氣。

彷彿小柚說的是極度大逆不道的事。

抬著小柚、綠笛、饅頭、和紅嘴的灰鼠們，突然停下腳步，將他們拋到地上，嚇得紛紛縮到黑鼠公公和白鼠婆婆的背後，豎起耳朵，顫抖著。

「賀卡卡的咒師？」被拋到地上，背部和手臂都非常疼痛，但小柚管不了疼痛，緊抓住問題。

賀卡卡的咒師、壞掉的古董鐘、古董鐘突然好了、鐘響聲、有翅膀的貓、謎霧島、能說的事、不能說的祕密、白鼠婆婆、黑鼠公公，還有綠笛、紅嘴、饅頭……

小柚的腦袋裡亂成一團，從這一刻往前回溯，努力的想理清所有事，希望被烏雲遮住的思緒，能顯露出一絲曙光。

「那個咒師的出現，改變了我們大家的生活。」黑鼠公公安撫著那些灰鼠，要牠們別害怕，等牠們重新把小柚、綠笛、紅嘴、饅頭又扛起來，往樹林深處走。

「我痛恨那個咒師，就如我厭惡那隻貓一樣。」白鼠婆婆幽幽地接著說：「原先，我們住在褐色大樹屋的下面，一家三口非常快樂，直到那隻可惡的貓出現，然後在那年的夏天，那個咒師出現了，大家的生活一下子全改變了，因為鐘停了，我和黑鼠公公帶著我們的孩子，開始過著躲躲藏藏的生活，褐色大樹屋下的『那個』，也不知道是不是因為咒語的關係，變得愈來愈大，最後可以結出像繩索一樣的網，然後神出鬼沒，所以大家都害怕得要命，還有……」

白鼠婆婆滔滔不絕的說著，小柚聽著聽著，不知為什麼腦中好像閃過了一道光，那光裡跳出了幾個畫面。

是很久很久以前吧！

曾經，她好像養過一隻小黑鼠，還為那隻小黑鼠找了一隻小白鼠，有個小小的樹屋，是……不知道是誰特別為她製作的。

⑯ 蜥蜴人

從遠方往前望，那棵龍眼樹就矗立在光禿禿的小丘上，小丘的形狀有點像被烤熟的布丁，布丁上裝飾著綠色旗幟，旗幟上掛著一棵棵又大又圓的卡其色果實，風輕輕一吹，只要用心仔細的嗅聞，幾乎可以聞到那又香又甜的龍眼味。

然而，對小柚一行人來說，此刻根本無暇嗅聞什麼龍眼味，甚至累得骨頭都快散掉了，心臟也快要從胸口掉出來，如果讓一群老鼠扛著，走了一夜，走出樹林，進入另一座森林，那麼應該就是這種感覺。

「停！」黑鼠公公走在最前面，舉起一手大喊。

浩浩蕩蕩的隊伍就停在像烤熟布丁的小丘下，圮露在外的泥土，因清晨的微風，輕輕起了小小騷動，捲起淡淡塵沙。

白鼠婆婆站在塵沙裡大聲喊。

「喂，蜥蜴人，我如約定把他們帶來了。」喊完話，白鼠婆婆的手輕輕一揮。小灰鼠們按照指示，用力的把小柚、綠笛、饅頭、和紅嘴拋在地上。叩、叩幾個響聲，小柚覺得渾身骨頭真的散開了。

綠笛偷偷蠕動著，如同一隻緩慢爬行的毛毛蟲，移動到小柚身邊，小小聲說：

「噓，別動。」

小柚轉頭看他。

這時白鼠婆婆又大聲喊：「喂，蜥蜴人，我如約定把他們帶來了，你是不是應該把那隻可惡的貓交給我！」

綠笛屏住呼吸，小小聲對小柚說：「把妳的手伸過來。」

小柚一下子會意不過來，不過很快就注意到，綠笛的手上不知什麼時候多出了一把小刀，而且他的雙手已經可以自由活動。

小柚輕輕抬高手，盡量別讓動作太大，以免被發現。

綠笛小心的切割著像繩索一樣的蜘蛛絲，還好並不困難，在白鼠婆婆第三次吶喊前，黏在小柚左手的蜘蛛絲已經被切斷。

一手可以恢復自由活動，不僅讓人安心，也讓可以逃出被老鼠綁架的想法充滿希望。

白鼠婆婆還在吶喊：「我把人帶來了，請遵照約定，把那隻可惡的貓交給我，還有讓我的孩子活過來。」

除了像被烤焦的布丁土丘和在土丘上不停眨眼晃動的龍眼樹葉，回應白鼠婆婆喊聲的還有風、沙塵、和晨曦的光，其餘什麼也沒有，哪來的什麼蜥蜴人。

小柚的右手也重獲自由。

「你覺得那個什麼蜥蜴人，真的抓到了小灰貓嗎？」小柚問綠笛。

綠笛輕輕聳肩，偷偷把小刀交給饅頭。「我不知道，但我……」

饅頭接走了綠笛的小刀，綠笛看著小柚，欲言又止，然後一邊的臉龐微微飄起淡淡的紅，但口氣卻異常堅定。

「請妳別擔心，我一定會盡我所能的照顧妳。」

小柚愣了一下，很快紅了臉。她知道綠笛話裡的意思，但他明明比自己小了很多，卻對她說出了男子氣概的話，真是人小鬼大。

小柚想告訴他——放心，我會照顧自己的。

心裡閃過這句話，還沒開口，像烤熟布丁的土丘上，突然傳來了說話聲，有個影子，慢慢從龍眼樹上爬下來。

「嘿呦，我說是誰呢？」一隻蜥蜴，像人一樣站立，身上顏色從像巧克力的褐色慢慢變成亮綠色，牠走下布丁土丘。「原來是白鼠婆婆和黑鼠公公呀！」

小柚把想對綠笛說的話，吞回肚子裡，目不轉睛的盯著蜥蜴。

她記得曾經在爬蟲類圖鑑上看過蜥蜴的介紹，身體既細且長，體表覆蓋著鱗片，動作快速，俗稱四足蛇，但介紹裡沒說，牠能像人一樣站立、像人一樣走路，倒是又細又長的尾巴讓人印象深刻。

又細又長的尾巴……

小柚啊的張大嘴巴，當她發現蜥蜴人那又短又可怕的尾巴上仍然殘留著斷裂過的痕跡，蜥蜴人也剛好來到大家面前。

牠拍了拍尖銳又細長的爪子，彷彿戴著指甲套，也像幾把尖銳的刀，刀刃隨時向著靠近牠的人。

「看來，你們好像完成了和我的約定了是嗎？」蜥蜴人咧嘴嘿嘿笑，當牠的視線落在小柚的身上，小柚忍不住，渾身打起了冷顫。

「別怕。」綠笛小小聲說。

「哎呀、哎呀，我們來看看，這個漂亮的女孩是誰呢？」蜥蜴人朝著小柚走過來。

卻被白鼠婆婆和黑鼠公公阻擋住。「那隻貓呢？」

「別急、別急。」蜥蜴人把細長身體挺得直直地，尖銳的指爪往背後指。「在那棵龍眼樹上。」

「你說過可以讓我們的孩子恢復過來。」黑鼠公公急忙說。

蜥蜴人一個勁的笑。「是呀、是呀，我是說過呀，關於方法……」牠勾勾尖銳的指爪，示意黑鼠公公和白鼠婆婆靠過去。

小柚忍不住為黑鼠公公和白鼠婆婆捏把冷汗。

綠笛和饅頭互相交換眼神，利用注意力轉移，饅頭開始幫紅嘴割斷蜘蛛絲。

「就是這樣……這樣……這樣……」蜥蜴人在黑鼠公公和白鼠婆婆耳邊嘀嘀咕咕說著話。

喀，像玻璃珠掉落在磁盤上的細小聲音響起，蜘蛛繩好不容易斷了，白鼠婆婆和黑鼠公公也剛好轉身，朝著像烤熟布丁的小丘上跑。

綠笛跳起來，大聲喊：「快，救小灰球！」

饅頭率先衝出去，跑在最前面，紅嘴緊跟在後，綠笛在轉身奔跑之前，看了小柚一眼，小柚也跟著奔跑起來，但誰都沒料到，蜥蜴人突然跳出來，威嚇似的豎起了頸子上的鰭，阻攔在小柚的前方。

「呵、呵、呵，我足足等了十年，今天終於可以報我斷尾的仇恨，把我的尾巴還給我！」說著，蜥蜴人朝著小柚衝過來。

C.H.Liao 2015

⑰ 第一個謎題

尾巴？什麼尾巴？還有，斷尾的仇恨！

小柚煞住腳步，差點撞上蜥蜴人。「我想，你搞錯了，我初來乍到，怎麼可能跟你有什麼仇恨，還是斷尾之仇！」

另外，她去哪兒找條尾巴還給這隻怪蜥蜴？

蜥蜴人跳上小柚的腳盤，三兩下就攀上了她的褲子，爬到她的手上，立起雙腳，站在她的手掌上。

「你知道對蜥蜴來說，尾巴斷了是多麼嚴重的事嗎？」

小柚想了想，點點頭。「但……還會再長回來，不是嗎？」

她好像這麼聽說過。

蜥蜴人生氣得鱗片全豎立了起來，發出喀噠喀噠的響聲。「一開始我也是這麼想的，但誰知道呢？我的尾巴居然再也無法長出來了！」

眼看著，蜥蜴人彎曲身體，準備往上跳，攻擊目標清楚不過，是小柚的鼻子和眼睛。

綠笛的聲音突然冒出來，朝著小柚大聲喊：

「快甩開，把妳的手用力甩開呀！」

小柚反射性的用力揮手，那力道把站在她手掌上的蜥蜴人甩飛了出去，蜥蜴人重心不穩，被拋到了空中，等落到地面，回過神，只見到綠笛拉著小柚的背影，兩人一起奔上光禿禿的小丘。

蜥蜴人生氣的拔下胸前的鱗片，用嘴巴一咬，吹出了響徹嘹亮的聲音。

剛剛圍觀的灰鼠們，像突然被下了咒術，頃刻間全動了起來，一擁而上的往小丘奔跑，蜥蜴人大聲的叫喊：

「抓住他們，不管是誰能抓住那個女孩，我會竭盡所能，幫他達成兩個願望！」

小柚不知道蜥蜴人的本事是否真的很強，但在兩個願望的驅使下，不只那些小灰鼠們，連已經跑到龍眼樹下的黑鼠公公和白鼠婆婆，也折回來，他們一起撲向小柚和綠笛。

綠笛慌張了起來，拉著小柚，左閃右躲。

「跟著我，千萬別被他們抓到。」

剛說完話，三隻灰鼠朝他們撲過來。

「危險！」小柚大喊了一聲，把綠笛推開。

三隻灰鼠撲空，全都滾下小丘，其中一隻倒栽蔥，頭卡在小丘下的一個泥洞裡，四隻腳不停在空氣中揮舞。

被推開的綠笛，跌倒在地，白鼠婆婆伺機衝上前，和幾隻灰鼠把綠笛壓制在地。

黑鼠公公看機會難得，一步步逼近小柚。

「女孩呀，女孩，我看妳就乖乖的束手就擒，就當是做好事吧，讓我順利的拿到兩個願望，讓我救回我的孩子，還有……」黑鼠公公嘿嘿笑著，突然仰頭往小丘上的龍眼樹看。

糟了！

饅頭和紅嘴利用大家亂成一團，準備解救被綁在龍眼樹上的灰貓。

「白鼠婆婆呀，快看那邊！」黑鼠公公大喊一聲，大家的目光一下子全集中到龍眼樹上。

蜥蜴人率先往前奔跑，白鼠婆婆喝令其餘的灰鼠們一擁而上，頃刻間，像烤熟布丁的小丘，煙塵瀰漫，眼看龍眼樹下的紅嘴，就要被那些老鼠撲倒，剛爬上樹的饅頭，更是危險萬分。

小柚深吸了一口氣，腦中閃過一道霞光，急中生智的大喊：

「我！」她停頓了一下，一口氣把話喊出來。「喂，蜥蜴人，我抓住我自己，帶到你面前，你是不是也得幫我完成兩個願望？」

這喊話，讓大家都呆住了。

這是什麼歪理？哪有自己抓住自己的道理呢！

白鼠婆婆想大聲抗議，但不知道為什麼，蜥蜴人似乎沒辦法否認自己說過的話，動作僵硬的點了點頭。

「沒……沒錯，既然我說了，不管是誰能抓住妳，就幫忙完成兩個願望，這個不管是誰，當然包括妳在內。」

小柚的雙手揹後，慢條斯理的走到蜥蜴人面前。

「也就是說……現在，我抓著自己到你面前了，你得幫我完成兩個願望對吧？」小柚問。

蜥蜴人僵硬得像石頭一樣，但不得不點頭表示，沒錯。

「那……請幫我完成兩個願望吧！」小柚又說。

黑鼠公公和白鼠婆婆忍不住了，一起齊聲大喊：「不公平、不公平，這是什麼歪理呀？哪有自己抓住自己這種事！」

「當然有！」綠笛被壓制在地，仍然不忘出聲幫忙。

蜥蜴人當然想反悔。「白鼠婆婆和黑鼠公公說的，也不無道理。」

攀在龍眼樹上的饅頭，大聲說：「在謎霧島上得說話算話，否則咒師的咒語會緊跟著他！」

「沒錯！」紅嘴附和。

黑鼠公公和白鼠婆婆聽了，不敢再多話，只能不斷喊著：

「不公平、不公平！」

蜥蜴人心有不甘，最後決定。「這樣吧，如果妳能猜出我的謎題，那麼我就幫妳完成兩個願望。」

小柚猶豫了一下，看看綠笛、饅頭、紅嘴、還有被綁得像粽子一樣，吊掛在樹上的小灰貓，毅然決定。

「說吧，說出你的謎題。」

18 兩個願望

「說吧，說出你的謎題。」

小柚昂起胸膛，雙眼發亮的瞪著蜥蜴人。

「很好，從妳的氣勢看起來，好像一定能答出我的謎題，但答案是不是正確的，這可就很難說了。」蜥蜴人拍著手，來回踱步，甚至在地上趴下來，又撐起身體，來來回回幾次，像伏地挺身的動作，最後又學人類一樣站立起來，踱步回小柚身旁。

「請妳記住，如果答錯謎題的話，後果可不是妳能承擔的！」

有股涼涼的風，從背後吹過，刷過小柚身體，害她渾身打了一陣冷顫。

「小柚，妳別聽他胡說，他這樣說是為了讓妳感到害怕，希望妳直接打退堂鼓！」被壓制在地上的綠笛大聲喊。

黑鼠公公氣得跑過來，踢了他一下。

綠笛悶咳了一聲，差點吃進一口泥巴。

「喂，你怎麼可以打人！」小柚大喊。

黑鼠公公攤攤雙手，臉上掛著奸詐的笑容。

小柚氣得轉向蜥蜴人，大聲說：「趕快出你的謎題吧，說那麼多話做什麼！」

蜥蜴人往黑鼠公公看了一眼，眼神責備，大概是在說：你真多事，弄巧成拙，真是幫倒忙！

「快點。」小柚不客氣的催促。

蜥蜴人眼珠轉了轉，踱起步子來，重重咳一聲，裝模作樣的開口。

「我的謎題是……它能動、也能跑，天生是個好護衛，見了危險跑第一，主人安全比命重，欺敵功夫一把罩。」

說完謎題後，蜥蜴人又咳了幾聲，表示謎題已說完。

「就這樣？」小柚眨了眨眼。

蜥蜴人得意洋洋的點頭，對於謎題非常滿意。「就這樣沒錯，妳趕快猜吧！」

小柚看了看，注意到蜥蜴人的目光最後掃過自己斷掉的尾巴，那尾巴的斷痕經過歲月洗禮，只留下淺淺褐色，淺淺的褐色……

小柚一時閃神，腦中跳出了一個影像，是很久很久以前，她走出一幢古老的房子，房子的紗門是白色的門框，綠色的紗窗，門被很用力的甩上，好像夾到了什麼東西，一低頭……

「不公平、不公平，至少應該給一點提示，譬如要猜什麼！」大聲喊的是紅嘴，牠的聲音哇啦哇啦的，並不好聽。

小柚抬頭往紅嘴看，咻的一下，腦海中的影像不見了。

「哪來那麼多公平！」白鼠婆婆反駁紅嘴。

小柚深吸一口氣，腦海裡浮現了一截小東西，像親眼所見一樣，跳呀跳、搖呀搖。

然後，有個影子走向那截小東西，彎下腰，撿起來。

「妳這隻臭白鼠，心眼壞，身體臭，連說話都是臭的。」紅嘴開始破口大罵，白鼠婆婆不想理牠，最重要的，蜥蜴人可別給任何的提示。

「我……」小柚反射性的舉起一手，剎那間，大家全都安靜了下來。

風不再吹，龍眼樹的枝葉不再搖曳，陽光從天上撒落，照亮光禿禿的小丘，照亮以小丘為背景的人。

小柚的雙眼發亮，放下的雙手，輕輕緊握成拳。

「是……你的尾巴，對不對？答案是……你斷掉的尾巴，對不對？」

小柚的聲音輕輕的，卻像巨大的鐘聲，咚咚咚的敲在大家的耳膜上，傳進了心裡。

蜥蜴人的全身像竄過電流一樣的顫抖。

「可惡！」牠身上的鱗片喀喀的顫動著，一片片彷彿要直立了起來。

「可惡！」

「可惡！」

接下來的兩句可惡，是從黑鼠公公和白鼠婆婆的嘴巴裡擠出來。綠笛和饅頭乘勝追擊，就怕蜥蜴人耍計倆，矢口否認不認帳。

「怎麼說呢？出了謎題被答對了，如果不老實，硬不承認，咒術師的詛咒可是會緊跟在後。」綠笛大聲說。

蜥蜴人朝他們看了看，輕輕哼了一聲。

「說吧，妳要我幫妳完成什麼願望？」

小柚低頭看著蜥蜴人，隔著大概一兩步距離，望著牠的眼睛，腦中又跳出剛剛的影像。

那個撿走一小截東西的影子。

那個影子移動了起來，走來走去，在屋裡屋外，門內門外移動，最後還跑上木梯、跑下木梯，然後一陣翻找，找出一個有點像圓形的東西，把那個東西打開，把手指捏著的那截小東西放進去。

「快說吧！」蜥蜴人不耐煩的說。

小柚回過神來，盯住了蜥蜴人尾巴斷裂的痕跡。「我……我的第一個願望是，放我走；第二個願望是，放我的朋友們走！」

大家都沒料到她會一口氣說了兩個願望，而且，朋友……

小柚想，這樣的稱呼應該沒錯吧，綠笛、饅頭、那隻灰貓、和那隻討人厭的紅嘴鵜，應該可以算得上是朋友吧！

空氣安靜了幾秒，彷彿靜止了一樣，等待、思考、和不甘心，同樣折磨著人，最後蜥蜴人嘆了一口氣，用充滿怒氣的聲音說：

「放他們走，讓他們走吧！」

「喂，怎麼可以！」黑鼠公公和白鼠婆婆同聲抗議。

「放他們走。」蜥蜴人轉動著銳利的眼珠。「相信我，下次他們不會有這麼好的運氣！」

雖然不願意，但為了得到蜥蜴人的幫助，黑鼠公公、白鼠婆婆和那群灰鼠們，只能眼睜睜的看著小柚他們離開。

「出爾反爾可是那隻臭蜥蜴的習慣，我們的動作最好快一點！」紅嘴雖然多話，但有時還是會說出重要事。

不交談，沒多話，綠笛、饅頭很快把被綁在龍眼樹上的小灰貓救下來，一群人逃命似的狂奔起來，總之先離開光禿禿的布丁小丘再說吧！

⑲ 沒有眼淚的人

「既然我們已經找到小灰球了，現在是不是先回饅頭的家，在計畫接下來的事？」

一群人，不，是三個人，一隻鵝、一隻貓，跑得氣喘噓噓，在烈日當空下，開始揮汗如雨。

大家停下腳步，看著剛發表了意見的紅嘴。

那一張一合的嘴，和彷彿能噴出火燄一樣的鼻孔，突然間空氣裡全充滿了燥熱和大家急切的呼吸聲。

然後，還是紅嘴先開口。

「我建議從長計議，還是先回饅頭家吧！」

「不可以。」一直沉默著沒說話的小灰貓，跳出來，像貓劍客一樣的站立著，每走幾步路甚至拍動著翅膀，低低飛翔。「因為鐘聲已經響了，我們的時間有限。」

說到時間有限，大家的臉色全都沉了下來。

「到綠笛家吧，往更深的森林走，會經過綠笛的家。」饅頭想了一下。

大家把視線轉向綠笛。

但，綠笛卻是看著小柚。

小柚偏著頭，除了奔跑後劇烈的喘氣外，好像完全忽略了大家的對話，自顧自的想著事情。

「妳覺得呢？」綠笛問小柚。

果然，她完全沒反應。

綠笛又說：「我很開心，剛剛，妳說我們是妳的朋友！」

綠笛的這句話說到了每個人的心裡，饅頭頻頻點頭表示認同，灰貓小灰球拍動翅膀，以飛翔代替心裡的歡喜，紅嘴雖然嘴硬，但表情明顯變得柔和。

然而，小柚卻像被下了咒語的蠟像，動也不動，當大家感到疑惑的時候，她又突然跳起來，張著嘴巴發出啊的尖叫聲，啵、啵，她彈了兩下手指，聲音既清脆又響亮。

「我想，我知道蜥蜴人的尾巴在哪裡了！」

「什麼？」大家全看著她，張嘴吃驚的模樣，好像在比賽。

小柚摸摸口袋，從口袋裡掏出一個陀螺，是塑膠製成，陀螺的頂部是淡粉紅色接近透明。

她把陀螺拿在手上，像自言自語一樣的，接著說：「蜥蜴人失去了牠的尾巴，黑鼠公公和白鼠婆婆失去了牠們的孩子，也就是說……」

突然間，她把目光轉向其他人，又彈了一下手指。

啵的響聲，像閃過腦海的霞光，連接起一幅幅片段的畫面，她伸手，用力抓住那些畫面，慢慢整理出頭緒。

之前，綠笛也說過，在謎霧島上，不管人或動物，都失了很重要的東西！

「也就是說……」小柚轉向綠笛，雙眼直視著他。「你失去了什麼？」

綠笛緊閉著嘴巴，呆住了，動也沒動。

彷彿小柚的問題，是一把利劍，直抵他的心臟。

「你呢？」小柚又問饅頭。

饅頭的臉色沉了下來，一樣緊閉雙脣。

「還有你。」小柚又轉向紅嘴，最後是小灰球。「喂，是你把我帶來這裡的，你失去的到底是什麼？該不會你們也是希望我幫忙，才把我帶到謎霧島來？」

小灰球沒否認，眼看著朋友們因為小柚的話而變得沮喪，有一團小小的火，在牠的胸口燃燒。

為了自己也為了其他人，小灰球大聲說：「那，妳呢？妳自己不也一樣嗎？難道妳就沒有失去什麼嗎？沒有眼淚的人！」

這句話，小灰球說得過分了。

「小灰球。」綠笛和饅頭同聲責備。

小灰球很無辜，嘆了口氣，賭氣的飛到一旁。

或許言者無心，但聽者有意，聽進耳朵裡的話慢慢沉入了心裡，釀出一種苦苦酸酸的味道。

這種味道，名叫難過。

難過會讓人傷心，難過會讓人生氣，難過會讓人痛哭，難過也會讓人流淚。

難過、傷心、氣憤，小柚都能體會，但唯獨痛哭，她不能。因為她沒有眼淚。

不管如何傷心，不管如何痛苦，不管下一秒她就要因為心痛而喘不過氣，她仍然擠不出淚水。

她是個沒有眼淚的人！

她好希望自己也能嚎啕大哭，也能淚流滿面。

但，她不能。

她也不明白為什麼，問題到底出在哪裡？

「什麼嘛！」心裡越是空虛，說出的話越傷人。「我就是沒眼淚怎麼樣？因為我討厭難過，討厭傷心，討厭哭泣，我討厭所有不快樂的事，我討厭你們，我討厭……」

小柚沒說出口，其實她最討厭的是自己。是無法痛快哭泣，流不出眼淚的自己。

「至少，我沒想從你們的身上獲得任何東西，我從來沒想任何人幫我解決自己的問題！」

最後一句話，她用力吼了出來，然後轉身跑開。

20 消失的朋友

滴、咚！

滴、咚！

滴、答、咚！

水從石縫上慢慢聚集，滾成了珍珠大小一樣的水滴，再由水滴變成了大水珠，直到石縫失去了支撐水珠的力量，水珠奮力往下跳，跳到了又溼又滑的石地上，輕輕響聲，敲擊地面，每一聲都像擂鼓，催逼波濤洶湧的情緒，翻騰、翻騰、再翻騰，直到難以忍受的怒吼了出來。

「這跟你當初告訴我們的不一樣！你不應該放那隻該死的貓走，更不該放那群人離開！」白鼠婆婆氣憤得渾身顫抖，就算在溼滑陰暗的洞窟裡，仍然可以感受到牠渾身的怒火。

蜥蜴人呼嚕嚕的轉動眼珠，在溼滑的石頭上，跳上跳下。「妳認為我是心甘情願的嗎？我比任何人都想報仇，報我的斷尾之仇！」

黑鼠公公的雙手抱胸，走到白鼠婆婆身旁安慰牠，順便提醒蜥蜴人。「我們的時間有限，鐘聲已經響了，表示再過一陣子，東女王就要醒過來了！」

聽到東女王就要醒過來，白鼠婆婆嗚嗚咽咽的哭了起來。

「我不管，你說過會幫我的孩子恢復過來，我不要我的孩子被送去當東女王的賀禮，我不管，我不要！」

黑鼠公公拍著白鼠婆婆的肩膀安慰，同樣痛心疾首。

「都是那隻灰貓，害我的孩子變成黑色泥人。這十年來，那個黑暗中的妖怪都在準備著送給東女王的禮物，等的就是鐘聲響的時候，現在……鐘聲響了，東女王即將醒了，被那妖怪做成了泥人，不是被吃掉，就會被當成禮物送出去！」

黑鼠公公的話，讓白鼠婆婆哭得更傷心。

「我的孩子呀，我可憐的孩子。」

那震天的哭聲，哭得蜥蜴人的頭都痛了，來來回回踱步，又差點摔了一跤，這一滑倒是讓腦袋變得靈光，開出一朵朵燦爛火花。

蜥蜴人嘿嘿嘿的奸笑。「我想到了一個好辦法！」

「什麼辦法？」

白鼠婆婆停止了哭泣，和黑鼠公公同聲問。

「把你們的耳朵靠過來。」蜥蜴人說著，看看四周。

白鼠婆婆和黑鼠公公互看一眼，緩慢移動腳步，靠近蜥蜴人，把耳朵慢慢貼近。

「我們就這樣、這樣、這樣……」蜥蜴人小小聲的說著。

白鼠婆婆的雙眼發亮，一改悲傷，露出開懷的笑。「你的意思是……讓她的朋友全部消失？」

「是一個一個消失！」黑鼠公公糾正。

白鼠婆婆笑得雙眼都瞇起來了。「不管是不是一個一個，總之到最後會全部消失，包括那隻可惡的貓。」

蜥蜴人嘿嘿的笑，頻頻點著頭。

「你可真夠狠心，這就是你想報的斷尾之仇？」黑鼠公公瞇起了眼。

蜥蜴人收起笑容，挺起胸膛。「這個仇恨我可等了十年！」

白鼠婆婆很滿意，不過……「要讓他們變成黑色泥人，可也不是件容易的事，最重要的，誰去和妖怪交涉呢？」

說到去見黑暗中的妖怪，白鼠婆婆和黑鼠公公的全身打起了顫抖，閉著嘴，不敢出聲。

蜥蜴人全看在眼裡。「放心吧，為了斷尾之仇，我自己去見妖怪！」

「真的？」白鼠婆婆高興得差點跳起來。

對於蜥蜴人的話，黑鼠公公很滿意。「就這麼說好了。」

蜥蜴人點點頭。

「讓那女孩的朋友全部消失，讓他們全都變成黑色泥人。」一想到自己變成黑色泥人的孩子，白鼠婆婆也希望加害者經歷相同的痛苦。

㉑ 記憶裡模糊的影子

「給我嘛、給我嘛、給我嘛。」

「不要！」

「妳不給我，我要哭了喔！」

「你要哭，就哭吧，就算哭得眼睛腫起來，我也不會理你！」

「可惡、可惡，妳這個小氣鬼，我最討厭妳！」

風在小柚的耳旁輕輕吹拂，呼呼，呼呼，像呼喊聲，也像哭泣聲，隨著激烈奔跑，有些模糊的影子在她的腦袋裡跳躍，如動畫影片，畫面閃呀閃，跳呀跳，一幕換過一幕，一個場景跳過一個場景，那個吵鬧的聲音跳開了，有個東西，喀一聲，落到地上，是個紙盒，一個裝著巧克力棒的紙盒。

小柚停下腳步，氣喘噓噓。

然而，不管她如何喘息，怎麼也揮不去腦袋裡的巧克力棒和紙盒。

她想哭，真的，好想哭。但，沒有眼淚，無法把內心裡的悲傷宣洩出來，或許因為如此，她的心始終有個洞，嗚嗚響著風的聲音，那比大聲哭泣還令人感到難過。

低著頭，她走到一棵茄苳樹下，抬頭望著那茂密的綠色葉子，葉子在陽光下閃爍著，像一隻隻眨動的眼睛，望著那些眼睛，小柚有點閃神，那個腦海中的影子又跳出來。

她張嘴，想喊：喂！

但，慢了半秒，那影子擠眉弄眼的對她扮了一個鬼臉，就轉身跑掉。

喀嚓，一個聲音突然響起，一低頭，小柚才發現，這次是真實的聲音，而不是腦海中的餘音。

她彎腰，撿起了剛掉在地上，滾動了一些距離的塑膠玩具。

是個陀螺。

陀螺早已布滿了歲月的痕跡，粉紅色的上蓋有幾處很深的刮痕，卡榫的部分有點鬆脫，輕輕一扳，就能把陀螺分成兩半。

小柚在茄苳樹下坐下來，扳開陀螺，粉紅色的上蓋裡卡著一小截黑黑的東西，如記憶裡模糊的影像，這截黑黑的小東西，可能就是蜥蜴人的尾巴。

她想著：斷尾之仇！

蜥蜴人是這麼說的。

「嗨！」突來的聲音嚇了小柚一跳，手指捏著的斷尾掉到地上。

小柚抬頭，見到是綠笛。

她低頭，在綠色的草地上撿起那截斷尾，綠笛的腳已來到她的前方，她抬起頭，望著綠笛，臉上掛著似笑非笑的難看笑容。

「我想……這就是那隻瘋狂的蜥蜴要找的東西！」

只是她也不知道，為什麼蜥蜴的尾巴會被裝進陀螺裡？

綠笛沒多說話，選擇在她身邊坐下來，從脖子上拉出一條繩子，從頭頂上把繩子拿下來。

小柚發現，那條繩子上繫著一個綠色的小陶笛。

綠笛把陶笛搭在嘴巴上，低低的吹氣，吹出了悠揚的音樂，只是不知道為什麼，那樂聲聽起來，帶著淡淡的哀愁。

小柚靜靜的聽著音樂，直到綠笛把曲子吹完。

「這個陶笛，是我最珍惜的東西，是我青梅竹馬的朋友送給我的。」綠笛的雙眼看著遠方，彷彿遠方有他最甜美的回憶。「妳剛剛問我，我失去的是什麼？我想我可以告訴妳。」

綠笛把目光拉回來，嘴上掛著無奈的笑。

「我失去了我青梅竹馬的朋友。」笑容消失了，他眼裡有淡淡的哀傷。

「對不起！」小柚很後悔。

她知道大部分時候的自己很任性，但在一個明明比自己小了好幾歲的男孩面前，自己卻顯得幼稚，不珍惜情感，她感到丟臉。

「沒關係的。」笑容重新回到綠笛臉上。

然後，他注意到小柚手裡的東西。「那是什麼？」

小柚低頭看著打開的陀螺，聳聳肩。

「我……」她猶豫了一下，決定實話實說。「我好像找到了那隻蜥蜴的尾巴！」

綠笛接過粉紅色的陀螺蓋，上面放著一截灰黑色的東西。

小柚很沮喪。「最近……」她低頭，看著自己的雙手，指甲變長了。「最近我常常想起一些模糊的影像，我想，我好像忘了以前的好多事。」

綠笛拍拍她的肩膀。「沒關係的，慢慢來，我想妳一定能記起以前的事。」

是這樣嗎？

小柚忍不住懷疑，懷疑自己。不過，如果真的能想起以前的事，她非常想知道，那個和自己搶巧克力棒的影子，到底是誰？

因為直覺告訴她，這是非常重要的一件事！

22 腳印

「有關係，非常的有關係，怎麼能慢慢來呢？再慢，天就要塌下來，有人就要倒大楣了！」

紅嘴站起來，發表高論。

接著繼續說：「我們只知道古董鐘響了後會發生的事，在三次鐘響後，她就會醒過來，等她醒過來，一切就來不及了，我想我們都會被忘記！」

「所以呀，我們等於是和時間在賽跑。」小灰球嘆了口氣。

饅頭用同情的眼神望著小灰球。

「是呀，我們頂多是被遺忘了，但最可憐的是小灰球……」

紅嘴閉起了嘴巴，認同的點頭。

小灰球故作輕鬆，把話題轉開來。「奇怪了，綠笛說要去追小柚，怎麼一去這麼久？」

饅頭走過來，張開雙手抱住小灰球。「我真的不希望你消失。」

小灰球耍酷的掙扎著。「別說這麼肉麻的話，我會受不了，何況……」

「他們來了，他們回來了。」紅嘴的喊聲打斷了小灰球的話。

饅頭放開小灰球，輕聲說：「我好希望時間能回到從前，在你發生事情之前，甚至更早之前……」

小灰球反過來安慰饅頭。「能不能回到過去已經不重要了，我只希望能幫得上忙。」

饅頭咬著嘴巴，一副快哭出來的模樣。

「喂、喂，噓，不能哭出來，他們回來了！」紅嘴在一旁提醒。

然後，不再開口說話，小灰球和饅頭也盡量讓表情看起來輕鬆。

「怎麼了？」綠笛還是發覺饅頭的臉色不對勁。

饅頭先看看綠笛，又轉向小柚，然後擠出難看的笑容。

「沒什麼。」

這麼難看的笑容，若說沒事，實在沒有說服力。

「對不起！」出乎大家意料之外，小柚往前站一步，對著大家深深一鞠躬。原來，她以為饅頭不好看的臉色，是因為她之前的話。

「我剛剛的話，或許說得太過分，那是因為來到這個地方，我一點也沒心理準備，我想回家，真的想回家，雖然在放學後回到家，家裡只有我一人，爸爸永遠工作都很忙，若不是外公過世，我早就忘了媽媽的聲音，雖然是這樣，我家是個糟透了的家庭，但我還是想回家。」

小柚的聲音低低的，聽起來很傷心，若不是沒有淚水，此刻她一定會哭得很傷心。

綠笛走過來，拍拍她的肩膀；饅頭走過來，拉拉她的手；小灰球飛過來，用貓爪抓抓她的頭；最後，紅嘴搖著屁股走過來，用長長嘴喙，敲敲她的腳板；小柚明白，他們全都想安慰她，就像最好的朋友一樣的安慰她。

她抬起頭，望著大家，又深深一鞠躬。

「對不起！剛剛我說，你們不是我的朋友，不是我真正的想法，實際上我很感謝你們，也希望自己能成為你們的朋友，在這個陌生的地方，還好有你們陪伴，否則我一定更加不知所措。」

「放心吧，我們一定會幫妳找到回家的路。」饅頭張開雙手，抱了小柚一下。

綠笛又拍拍她的肩膀。「我想，在小柚找到回家路之前，大家要不要去我家休息一下？」

紅嘴第一個舉雙翅贊成。「贊成，我贊成，被那群老鼠和那隻臭蜥蜴惡整了那麼久，如果再不休息一下，我一身的骨頭都快散掉了！」

小灰球的貓爪，輕輕抓過紅嘴的腦袋。

紅嘴痛得終於閉上了嘴巴。

小灰球說：「到綠笛家休息是個很好的提議。」

因為，牠的貓腦袋裡閃過了一件事，很久、很久以前，有兩個孩子競相奔跑著，他們比賽著誰跑得比較快，他們繞過噴水池、他們奔跑過稻田、他們跑過了樹林、他們跑到了綠笛的家門口，水泥砌成的臺階還沒乾，那臺階上留下了兩隻小腳印。

小灰球小小聲的把這件事告訴綠笛，綠笛聽了沉默了一下。

然後，大聲喊：「走吧，朝我家出發吧！」

希望水泥臺階上的腳印，能帶來意想不到的結果。

那一年，那是春天快結束，轉換成夏天的季節，天空下過有點熱的雨，兩個在雨後泥地上奔跑的身影，一大、一小，一男、一女，腳步噗、噗、噗的踩在雨水泡過的地上，然後踏上了未乾的水泥臺階……

23 直走到遠方

那一年，那是春天快結束，轉換成夏天的季節，天空下過有點熱的雨，兩個在雨後泥地上奔跑的身影，一大、一小，一男、一女，腳步噗、噗、噗的踩在雨水泡過的地上，然後踏上了未乾的水泥臺階……

「啊！腳印留下來了！」小男孩望著腳印，抬頭對著女孩大聲喊。

「留下來，就留下來呀，有什麼好大驚小怪的。」女孩嫌小男孩太大驚小怪。

小男孩不開心的對著女孩扮了一個鬼臉，轉身跑開。

女孩對著小男孩的背影吐舌頭。「討厭鬼，跟屁蟲，就愛找麻煩！」

「喵、喵。」女孩說完話，抱起腳邊喵喵叫的小灰貓親一下，接著說：「還是你最乖，你比那個討厭鬼好多了！」

大家聚在綠笛家裡的客廳喝茶，但小柚卻被屋外臺階上的腳印吸引住。

那腳印像有特殊的法力，一對上眼睛，腦袋裡就不自覺的跳出一些畫面，畫面裡同樣有個模糊的影子，不是那個女孩。

小柚想，女孩應該是她自己，模糊的影子是小男孩，但她實在想不起來，小男孩到底是誰！

綠笛的手，拍在她的肩膀上。

小柚轉頭望著綠笛，很自然的問。「這並不是我第一次來你家，對嗎？」

綠笛愣了一秒，沒說話。

「為什麼你不回答？」小柚又問。

這些人，對於某些事，像總有難言之隱，不是苦笑就皺眉。

果然，小柚心裡才閃過這些念頭，綠笛嘴角苦苦的笑容就跟著飄起來，然後他搖搖頭，答非所問。

「這兩個腳印很特別吧，想不想拓印下來？」

小柚和綠笛對望了很久，然後嘆了一口氣，點點頭。

「我去拿紙。」綠笛說完，轉身跑進屋裡。

沒多久，他拿出一張紙，但一臉抱歉的說。「對不起，我只找到紙，我家沒有什麼顏料可以抹在水泥地上。」

小柚想起了時空膠囊裡，她留給自己的五樣東西。

其中有一瓶乾掉的墨汁。

「我想……我有東西可以拓印。」她把墨汁拿出來，打開蓋子。「已經乾了，不過，我想如果加一點水的話，應該可以用。」

綠笛看了很高興，接過小柚手上的小墨瓶，裝了一點水進瓶裡，用力搖晃瓶子。

小柚看著綠笛的動作，心裡突然有個奇怪的想法。

會不會在很久以前，其實她就認識了綠笛呢？

搖搖頭，當綠笛轉臉看著她時，小柚趕快把這樣的想法拋出腦海。如果，很久以前，她就認識了綠笛，那麼……饅頭呢？那隻討厭的鵝？還有會飛的小灰貓？

不知為什麼，這些想法在她的腦袋裡跳來跳去，像調皮的小精靈，怎麼也甩不開。

「好了，妳看。」綠笛對她豎起大拇指。

小柚彎著腰，看綠笛把加了水的墨汁塗在水泥臺階上，再以紙張覆蓋上，雙手用力壓，很快地，白色的紙張上印出了兩個腳印。

小柚接過紙，仔細的看了一遍又一遍。

那個小男孩模糊的影子，在她腦海又閃過了一遍，雖然還是沒有任何結果，但在把紙張放下的時候，她卻瞥見了紅嘴鬼鬼崇崇的身影。

「牠在做什麼？」小柚拉拉綠笛，指著屋後的木麻黃樹。

綠笛也看見了，決定和小柚一起去看看，紅嘴到底在做什麼。兩人走過平坦的草皮，繞過幾株垂頭喪氣的楊柳，終於來到屋後。

他們看見，紅嘴把長長的鵝脖子伸進了一棵木麻黃樹的樹洞裡，不知在找什麼。

過了一陣子，紅嘴的脖子從樹洞裡縮了回來。

小柚和綠笛見到，紅嘴叼著一隻鞋子，鞋子的影像在小柚的腦海裡放大，大得像艄巨大的輪船，清晰非常。

小柚飛奔上前，一把搶過鞋子。

「小……小凱！」她連自己都嚇了一跳的大喊出來，雙眼直盯著一顆縫在鞋面上的鈕扣。

突然間，鞋子的主人和她腦袋裡那個模糊的影像重疊在一起。

然後，一種哀傷緊緊抓住了她的心，讓她心痛得幾乎要喘不過氣，曾經她希望自己能忘掉的事，咻的一聲，像閃電擊中了她的頭，許多畫面爆炸似的散開來，像動畫裡快速播放的效果，倒帶往前，一盒巧克力棒掉落到地面，香濃的巧克力失去了甜蜜的滋味。

小柚用一種哀傷的聲音，喊出連她自己都意想不到的話。

「小凱……小凱死了！」

綠笛靜靜的站在一旁。

時光好像一點一滴的倒轉，慢慢的被修補過來，雖然傷心，發生的事令人無法接受，但能承受悲傷，似乎也是一種好事。

「不，他才沒死！」紅嘴大喊。

那喊聲中充滿了濃濃怒火，意外的帶給了小柚和綠笛希望。

紅嘴接著說：「那一天，我一直跟著他，嘎嘎嘎的叫喚他，但他狠心的不理我，一直往前走，我看見他直走到遠方，才不是你們說的，不是什麼掉進水裡淹死了！」

24 穿過森林

「喂、喂，你確定走這條路是正確的嗎？」

白鼠婆婆緊張地拉著黑鼠公公的尾巴，由蜥蜴人帶頭，走在最前方，三個一字排開，緩慢地在地道中行走。

「是呀，你真的確定，正確？」黑鼠公公也跟著問。

走在最前面的蜥蜴人停下來。

「這座森林，我比誰都熟悉，難道你們信不過我？」

「當然不是信不過。」黑鼠公公嘿嘿的笑著。

白鼠婆婆卻直言說：「我們信不過的是這些地道。」

蜥蜴人哼了一聲，看著牠們。「雖然鑽地道是你們鼠輩的專長，但若提到這座森林下的地道，你們卻未必比我熟悉，內行。」

白鼠婆婆想起了一個傳說。「你是說那件事情對吧？」

老鼠們除了擅長鑽地道打洞之外，探聽消息的功夫也是一流。

「哪一件事情啊？」可惜，黑鼠公公的記性不好。

蜥蜴人哼了一聲，自己說：「沒錯，很多年之前，我曾經當一個人的嚮導，幫忙穿過森林。」

「可是……後來聽說那個男孩不見了！」白鼠婆婆接話。

蜥蜴人發起脾氣，渾身鱗片全豎起來。「那跟我一點也沒關，那日，我明明走在前面，要他緊跟著我，誰知道最後他卻跟丟了。」

「是這樣嗎？」白鼠婆婆的嗓音裡充滿濃濃懷疑的鼻音。

蜥蜴人受不了質疑，當場跳起來。「當然是這樣！」

黑鼠公公趕快跳出來圓場，就怕吵起架來，會壞了計畫好的大事。

「好了、好了，不管怎麼樣，都已經不重要了。現在，我們最重要的是，趕快去找那個妖怪，想辦法對付那隻可惡的貓和那群人。」

C.H.Liao
2015

白鼠婆婆聽了覺得有道理，閉起嘴巴不再說話。

蜥蜴人雖然怒氣難消，但覺得不無道理。

於是轉身，繼續往前走，在前方帶路。

「你們最好跟好，別跟那個男孩一樣，自己跟丟了路，最後不見了，卻傳出是我帶路不利的消息！」

白鼠婆婆聽了話，雖然很不是滋味，滿腹的話想反駁抗議，但迫於需要蜥蜴人的幫忙，只好把話全藏在肚子裡，和黑鼠公公緊跟在後，在蜿蜒的地道裡，一步一步往前走。

要穿過森林，走地道，至少比走在森林裡，要安全上許多。

25 發現

記憶的畫面像拼圖一樣，一塊一塊被放到了正確的位置，隨著畫面愈來愈多，全貌慢慢的被拼湊出來，眼淚雖然沒被找回來，但記憶卻愈來愈清晰。

原來小柚有個弟弟名叫小凱，事情是這麼發生的：

在小柚八歲的那年夏天，暑假裡樹上的蟬嘰嘰嘰的叫個不停，彷彿在替小柚和弟弟抗議，為什麼爸爸媽媽總是忙個不停。

那年夏天，他們一樣被送回到外公、外婆家，那年夏天得從一盒巧克力棒開始說起。外公幫小柚買了一盒巧克力棒，弟弟想吃，小柚卻不給，搶來搶去的結果，巧克力棒掉落到地上，盒子散了，巧克力棒全沾了泥巴，弟弟又哭又鬧，外公只好出門去再買一盒。

又哭又鬧的弟弟想跟著出門，但外公已經走遠，小柚不理弟弟，那一年，才五歲的弟弟，獨自一人出門了，從此再也沒回來。在大家急忙找了一天一夜後，在灌溉農田用的大水溝旁找到了弟弟的鞋子，媽媽哭昏了過去，爸爸氣得破口大罵，從此父母的爭吵，喋喋不休，從沒一天停止過，小柚沒有一天好日子。

她很後悔，多希望那天自己沒和弟弟搶巧克力棒，也希望自己陪著弟弟出去找外公，更希望弟弟只是迷路、忘了回家，終有一天，會找到回家的路。

日子一天一天的過，爸爸和媽媽的爭吵越來越激烈，然後他們決定分開來，大人說這叫「離婚」，小柚在似懂非懂的情況下，每天哭著入睡，流著眼淚醒來，就這樣過了半年，小柚的貓也死了，她崩潰的痛哭，哭了幾天幾夜，哭得雙眼又紅又腫，卻仍然停不下來。

深夜裡，她偷偷搭上了前往外公家的巴士，一個人來到外公家，外公為了幫助她，對她說了這樣的話：

「妳的年紀還太小，讓外公幫妳忘掉這樣的痛苦，直到有一天妳長大了，我相信，妳一定能有足夠的勇氣面對，那個時候，再面對吧！」

外公把她帶到古董鐘前，讓她看著鐘擺，從左到右，從右到左，她的視線隨著鐘擺晃動，她的傷心隨著鐘擺搖動，她發誓自己再也不要流下一滴眼淚，她……這一段往事，從此被遺忘。

「啊！咒術師！」紅嘴的大喊聲，破壞了小柚述說往事的心情。

「不對，是催眠啦！」小柚用氣憤的眼神瞪牠，糾正牠的用詞。但，隨著腦筋的轉動，她把心思放在重點上。「小凱養了一隻笨鵝，沒想到就是你！」

紅嘴把長長的脖子轉開，對著遠方哼了一聲。

「你怎麼有小凱的鞋？還有，你為什麼說小凱沒掉進水溝裡？為什麼說小凱沒死？」小柚急著追問，這才是整段話的重點。

紅嘴難得閉上嘴巴，低頭看著地上的鞋。

小柚搶過那隻鞋，從口袋裡掏出一顆鈕扣，擺在被縫在鞋子上的鈕扣旁，果然一模一樣。綠笛把印著腳印的紙遞過來，小柚把鞋子放到其中一個腳印上，絲毫不差的吻合。

其實小柚全記起來了，這兩個腳印，一個是小凱，一個是她，那一年綠笛家重新砌臺階，她和弟弟調皮搗蛋，故意在臺階上留下腳印。

還有，綠笛……她走向綠笛，張開雙手，抱了他一下。

綠笛是她童年時最好的玩伴，另外……小灰球，小柚轉向小灰貓，走過去抱住牠，在牠耳邊輕輕說了聲：「對不起！我不該忘記你！」

小灰球曾經是她最疼愛的貓。

至於，饅頭……小柚轉向饅頭，與他對望了一會兒；一股愧疚的情緒油然而生，她真的想不起來，關於饅頭的一切。

饅頭好像懂得她的心情，抱了她一下，拉拉她的手，表示一點也不在意。

對小柚來說，這樣的真誠，是最好的鼓勵，她告訴自己，也告訴心裡的外公，她已經找到了勇氣，也有了堅定的想法。

「我要找到小凱！」

如果，紅嘴的話是真的，那麼小凱一定還活著，活在這個世界上！

26 躲在暗處的眼睛

「噓！你們感覺到了嗎？」走在最前方的蜥蜴人停下腳步。

「感覺到什麼？」白鼠婆婆越來越討厭蜥蜴人的神經兮兮，還好腳步煞得快，否則差點就踩到蜥蜴的身體。

「噓！」黑鼠公公似乎也感覺到不對勁，像人一樣站立起來，雙手拱在胸前，抬高鼻子在空氣中嗅聞著。

腐朽的地道中，四處充斥著腐敗的氣味，有落葉歸根後一再被泥土覆蓋所形成的腐朽味，有昆蟲僵化被細菌腐蝕分解的氣味，還有動物排泄物的氣味，當這些氣味混合在一起，形成了一種黴的氣味，另外……有一股不屬於這些氣味的氣味，卻格外令人感到壓迫，彷彿有幾千萬隻蟲同時在身上爬行，令人汗毛直豎而起，那是屬於恐懼的氣味。

「靠……靠近了！」蜥蜴人的聲音發出劇烈顫抖。

果不然，聲音的波長才消失在漆黑的地道裡，可怕的光馬上如鬼火般的冒出來，伴隨著咻咻的聲響，第二個光點、第三個光點、第四個、第五個、第六個，全都亮了起來，像飄蕩的火炬一樣，在黑暗中移動。

「鬼呀！」白鼠婆婆嚇得跳起來，跳到黑鼠公公的背上。

「噓！」蜥蜴人強裝鎮定的發出噓聲。

黑鼠公公好聲安慰著白鼠婆婆。「別怕、別怕。」

不怕才怪！

其實他們三個早嚇得想轉身就跑，然而黑暗中移動的身影，比用任何言語形容還快速，幾個呼吸間，已來到蜥蜴人、白鼠婆婆和黑鼠公公面前。

「妖、妖……怪！」白鼠婆婆的牙齒打顫得非常嚴重。

唰、唰，兩個巨大響聲，讓打顫的聲音突然停止，不是因為不再害怕，更不是膽子一下變大，而是因為兩隻像柱子一樣粗的腳，突然從天而降，地道裡震動了兩下，白鼠婆婆、黑鼠公公和蜥蜴人全跳了起來。

咚、碰，咚、碰，咚……碰，接下來，每出現一隻腳，地道裡就震動一次，蜥蜴人、黑鼠公公、白鼠婆婆就往上跳動一下，最後蜥蜴人居然直接跪下來，跪在毛茸茸的腳邊。

「偉大的六眼，我們不是故意闖入您的殿堂，是真的有重要的事情向您稟報呀！」蜥蜴人舉高雙手，做出膜拜的姿勢。

白鼠婆婆和黑鼠公公一看，趕緊跟著跪下來，瑟瑟發抖著。

黑暗中的六盞光線，突然集中在蜥蜴人和白鼠婆婆、黑鼠公公身上，腐朽的氣味瞬間籠罩，一種低沉的，彷彿從遠古的地底傳來的聲音，隆隆響起。

「稟報？」六眼，即大家口中的妖怪，一張嘴，腐朽的氣味更濃。

白鼠婆婆嚇得站起來，還好黑鼠公公機靈，趕緊拉住牠。

「沒錯，沒錯，我們是來向您稟報事情的。」蜥蜴人連連叩首。

六眼的眼睛像六盞巨大探照燈，燈光刷地一下，全集中在蜥蜴人身上，然後空氣開始震動盪漾，空氣中充斥著呵呵笑聲。

嚇得蜥蜴人連頭都不敢抬起來。「偉大的六眼大人呀，您難道不知道鐘聲已經響起了嗎？」

「是的、是的，響起了，響起了。」黑鼠公公和白鼠婆婆跟著叩首。

「喔！」空氣中悶悶響了聲，像雷聲，緊接著，六眼終於開口。「這麼說來，我的老闆，快醒了！」

「是的。」蜥蜴人鬆口氣，賊笑兩聲。「東女王醒過來後，我們應該為她準備一些賀禮吧？」

「嗯。」六眼輕輕的哼了一聲。「這不是問題，平日我已經準備了一些。」

「請……請不要把我的孩子送出去！」雖然猶豫，但白鼠婆婆還是鼓起勇氣說。

「妳的孩子？」六眼把目光轉向牠。

白鼠婆婆嚇得縮到黑鼠公公背後。

「偉大的六眼大人呀，請您聽我說。」蜥蜴人抬起身體，像人一樣站立起來。

「大人您一定還記得鐘聲響起的約定？」

六眼把目光調向蜥蜴人。「咒術師的約定。」

「那……大人您一定也記得，咒術師因為什麼原因和東女王下了約定？」蜥蜴人繼續說。

六眼的眼睛刷地變得更亮。「因為那個女孩！」

「沒錯。」蜥蜴人學人類一樣的拍著手。

「那女孩害我失去了兩隻眼睛！」說著，砰咚、砰咚，又是幾下震動，六眼像柱子一樣粗壯的腳，拍打著地道。

瞬間除了晃動，石粒和泥土也開始滾落。

蜥蜴人差點就站不穩。「六眼，六眼大人，請息怒呀！」

黑鼠公公、白鼠婆婆嚇得退縮到一旁，抱在一起。

「那女孩也同樣害我失去了尾巴。」蜥蜴人張開雙手，昂著頭說。「現在，鐘聲響了，那女孩也出現了。」

「是嗎？」六眼突然安靜下來。

「我們報仇的時機到了。」蜥蜴人嘿嘿的笑。

六眼像探照燈一樣光亮的眼裡，燃燒著熊熊火光。「聽你的意思，你好像有不錯的主意？」

「是的，偉大的六眼大人，請您仔細的聽我說。」蜥蜴人彎腰，深深鞠躬。「在我說出主意前，能不能請您先放了白鼠婆婆和黑鼠公公的孩子？」

六眼的其中一隻眼，刷地看向黑鼠公公和白鼠婆婆。

白鼠婆婆從黑鼠公公背後探出頭來，淚眼婆娑。「請放了我們的孩子。」

六眼把目光挪回來，想了一下。「好吧！」

白鼠婆婆和黑鼠公公開心得差點跳起來。

「不過……」六眼的六隻眼珠轉了轉。「得先說說你們的主意，如果我認為不錯的話，再放了牠們的孩子。」

白鼠婆婆和黑鼠公公對看一眼，一同把目光拉向蜥蜴人，乞求地看著。

蜥蜴人輕輕咳了一聲，彎腰行了一個禮，開始說出大計畫。「六眼大人呀，是這樣的，那女孩有一票朋友，想要她對我們低頭，必須從她的朋友們下手，所以……嘿嘿嘿……嘻嘻嘻……呵呵呵……就，這樣做，這樣做，這樣做……」

蜥蜴人開始滔滔不絕的說出心中惡毒的計畫，漆黑惡臭的地道裡，很快充斥著令人毛骨悚然的笑聲。

27 夢裡的夢裡的人

「小柚子，小柚子，妳怎麼拿著郵票到處玩呢？」

一陣又一陣的煙霧後，飄來沉穩的嗓音，那嗓音聽起來既陌生又熟悉，擁有這樣嗓音的人，個頭好高，高得小柚得不斷抬高脖子，仍然看不清楚長相。

「你是誰呀？為什麼我不能玩郵票？」

一低頭，小柚才發覺，自己的手上拿著一小疊的郵票，郵票的面額有五元和十二元兩種，五元寄平信，十二元是限時專送。

不知道為什麼這麼說，她嘴裡喃喃自語，一個低頭，啪、啪兩聲，把一張五元郵票和一張十二元郵票各自貼到了某一樣東西上。

那東西會跑，有黑褐色的身體，八隻毛茸茸的腳，身體也毛茸茸的，摸起來怪可怕。

「可怕又噁心的東西，趕快滾開，滾開！」

小柚抬腳，用力一踢，那黑褐色毛茸茸的身體，隨即高高飛起。但，不久後，啪啦、啪啦、啪啦，從晴空萬里的天上，突然掉下來一大堆黑漆漆的東西。

那些東西一落到地上，就開始亂爬，很快爬到小柚腳邊，爬上她的身體，嚇得小柚驚聲尖叫，整個人從地上彈跳起來。

「噓，別怕、別怕，做惡夢了嗎？」有個輕輕的嗓音，安撫著她。

是做夢嗎？

小柚張開雙眼，但無法看清楚安撫著她的人，只能感覺到，那人有隻寬大的手掌，手掌非常溫暖，讓小柚感到安心。

擁有這樣溫暖手掌的人，輕輕說著：「小柚子，小柚子，妳千千萬萬別忘記，邪惡會在黑暗中成長，善良卻在失去勇氣後縮到最小，所以勇氣非常重要，不管在任何情況下，失去勇氣，就會失去一切。所以，當妳覺得自己失去了勇氣，就勇敢的挺起胸膛，趕快去把它找回來！」

失去！找回來！

去哪裡尋找呢？

小柚想大聲問，卻感覺到那寬大的手掌失去了溫度。有一陣風吹過，她打了一個噴嚏，張開雙眼，才發覺自己真的從夢中醒來。

勇氣！

到底去哪裡，才能找到呢？

28 綠笛的祕密

去哪裡才能找到勇氣呢？

小柚想，除了勇氣之外，她更需要尋找的是小凱！

她的弟弟，小凱。

這時候，她發現黑暗中有個移動的影子，走過大家睡覺的客廳，朝屋外走去，小柚只好爬起來，跟上去。

當大家決定在綠笛的家裡，好好睡一個晚上，等明天一早，在決定該怎麼辦，這時候怎會有移動的影子呢？

站在門前，小柚很快發現，屋外的影子是綠笛。

他時而遙望遠方，時而抬頭對著天上的月亮嘆息。小柚想起，綠笛曾經說過——不管是人或動物，每個生活在謎霧島上的，都失去了某樣東西。

還有，綠笛說過，他失去的是青梅竹馬的玩伴，那個人到底是誰呢？

小柚努力的想，卻怎麼也想不起來，綠笛的玩伴還有誰？

「嗨。」慢慢走向綠笛，小柚有點尷尬的打招呼。

「妳不睡覺，明天怎麼有精神？」綠笛抬頭，看見是小柚，苦苦的一笑。

他想，小柚接下來要做的事，一定是去找小凱。

小柚看著綠笛，想了一下，決定鼓起勇氣問。「那個……你們都知道我想找回小凱和眼淚，那……你呢？你想找回的是你青梅竹馬的朋友，對嗎？」

小柚的問題讓綠笛愣了一下，苦苦的笑消失了。

綠笛避重就輕的說：「我想，明天天亮之後，妳就要出發去找小凱，對吧？」

小柚點點頭。「對的，我一定要找到小凱，那你呢？綠笛，你也想找到你說的青梅竹馬的朋友，對不對？」

這次，綠笛愣住的時間更久。

然後，苦笑了幾聲。「妳想起來了……關於我們從小一起長大的事。」

小柚點頭，也努力想著。

如果，她可以再細心一點，或許就會知道，綠笛青梅竹馬的朋友到底是誰。

「我……」綠笛的臉突然紅了起來，若不是夜晚，會看得更清楚，他會更窘迫。

「我……那一天，妳在拿墨汁的時候，我見到妳口袋裡有幾樣東西，那些東西裡，是不是有一枚戒指？」

「咦！難道，你知道戒指的用處？」小柚很驚訝，趕快掏出戒指。

對於這枚戒指，她的印象真的不是很深刻。

「不是的。」綠笛搖搖頭，支吾了一會兒。

「喔，那是……」小柚疑惑的看著他。

綠笛小小聲的嘀咕。「原來，並不是什麼事情都想起來了！」

「什麼？」小柚說。

綠笛趕緊搖頭。「我是想跟妳說，如果明天妳決定去找小凱，無論如何，我都想跟妳同行。」

「喔，是這樣。」小柚點點頭，但心想：綠笛還是沒說出，那個青梅竹馬的朋友，到底是誰？

「好呀，但是綠笛你……」另外一個聲音加入他們，打斷了小柚的話。

「也算我一份，我會跟妳一起去找小凱。」是小灰球，不知道什麼時候，牠飛到兩人身旁。

「我也是。」連饅頭也來了。

最後是紅嘴。「我……當然也要算我一份，如果小凱並不是丟下我不管，跑了的話，我也想把他找回來。」

原來，大家不知什麼時候都醒了。

小柚對著大家，深深一鞠躬，真的非常感謝他們。

「既然已經決定好了，大家還是早點休息吧，因為明天一早就出發。」綠笛拍拍手，要大家多休息，然後率先進屋裡去。

小柚看著他們的背影，感激的又深深一鞠躬。

抬起頭來，見到只剩小灰球留下來。

「那個戒指。」小灰球尖尖的貓爪子指著小柚握緊的拳頭，拳頭裡是戒指。「那個戒指以前是綠笛的。」

「什麼？」小柚眨眼。

「妳不是一直問，綠笛青梅竹馬的朋友是誰。」

「咦？」小柚想了下，張大嘴巴。「咦！」

「我想……」小灰球沉吟了一會兒，雖然牠不太懂人類的情感。「我想，綠笛說的青梅竹馬的朋友……應該就是妳吧！」

29 請不要相信任何人

「你確定從這裡往前走，穿過前面那片樹林，就會到達河邊？」

從離開綠笛家，到這裡，已經走了幾個小時，小柚的心裡一直想著小灰球告訴她的話：綠笛說的青梅竹馬的朋友，應該是妳吧！

綠笛失去的當然是妳！綠笛失去的……

她想得腦袋都快爆炸了，真想大聲尖叫。

所以，哪管得了，走在最前面的紅嘴和小灰球的爭執。

小柚只一味低低嘆氣，落在隊伍的最後方。偶爾，和綠笛目光交接時，她還會故意把視線轉開，就怕自己的臉紅會洩露不想說的祕密。

「我記得剛剛走過這裡，現在又繞一次！」小灰球激動的說著，然後饅頭也加入。

「嗯，對耶，我也有印象，剛剛好像走過這裡喔！」

答案是：迷路了！

他們居然在熟悉得可以閉上眼睛走路的地方迷路了。這是多麼不可思議的事情呀！

小柚踱到一邊，在一棵樹下坐下來。

綠笛先走到她身旁，輕輕的說：「妳先休息一下，我去看看是怎麼回事。」

然後轉身，往隊伍的最前方走。

幾乎，綠笛的前腳才跨出步伐，小柚就馬上聽到了吱吱、吱吱的聲音，尋著聲音，她發現草叢後躲了一個身影。

小小身影，在草和草間探頭探腦，對著小柚揮舞著雙手。

小柚定睛一看，不正是那隻和她有斷尾仇恨的蜥蜴嗎？

蜥蜴人的嘴巴裡繼續發出吱吱、吱吱的聲音，揮舞著雙手，示意小柚跟著牠走。

小柚想都沒想的搖頭。

只有笨蛋才會跟著自己的仇人走。

但是，蜥蜴人悄悄的張開了前爪，爪子上勾著一個閃閃發光的東西，那光線在晨曦的太陽下，晶晶亮亮，特別搶眼。

映入小柚的眼裡，腦海中屬於記憶的匣子馬上被打開來。

有一枚小小的星星，閃著紫藍色的光，一閃一閃，特別明亮。

「來，這是給你的，別在哪兒好呢？帽子上，好不好？」

紫藍色的星星，被別上了黃色的帽緣，那個帽子的主人，手舞足蹈，高興得差點跳起來。

然而，實際上跳起來的人卻是小柚。

幾個大步，她無聲的走進草叢裡，跟著蜥蜴人，很快消失在草浪中。

「那顆星星是小凱的，你快告訴我，小凱在哪裡。」小柚追在蜥蜴人的後面，不知道為什麼，一隻蜥蜴居然可以跑得這麼快。

確定四周無人，蜥蜴人停下來。

「我當然會把星星給妳。」嘿嘿嘿的，蜥蜴人笑著。「但是，我永遠不可能忘了妳的斷尾仇恨。」

小柚從口袋裡掏出陀螺，打開蓋子，放到地上。

「還給你，我找到你的尾巴了！」

蜥蜴人上前，看著裝在陀螺裡的尾巴。

然後，彷彿動畫定格一樣，他無聲的盯著那截尾巴許久，久得小柚誤以為已經過了好幾個小時。

突然，蜥蜴人放聲痛哭。

哭得好哀傷，哭得好心酸，哭得好高興！

沒錯，牠真的哭得好高興，因為蜥蜴人咧著大大的嘴，哭中帶著笑。

「星星，給妳吧！」牠上前，把紫藍色星星放到小柚腳邊，轉身抱起陀螺裡的那截斷尾，摟著、親著。

小柚拾起星星，心跳得好快，充滿了興奮和希望。

「可不可以告訴我，你知道小凱在哪裡嗎？」她問。

蜥蜴人又親了一次自己的斷尾。「看在妳還給我尾巴的情分上，我當然會告訴妳，何況這顆星星的主人，還曾經救過我。」

「小凱救過你？」小柚好驚訝。

蜥蜴人的雙眼閃呀閃，「沒錯，不過那似乎已經不重要了，我們先別談，如果妳想找到他，就去問妳的同伴。」

「我的同伴？」是指，綠笛他們嗎？

問什麼？

「在謎霧島上，大家最怕誰？在黑夜降臨後的主人，又是誰？」蜥蜴人接著說。

「為什麼要問這些？」真的和小凱有關嗎？

「我想，小凱就是被牠抓走的。」蜥蜴人緊緊抱著斷尾。「還有……」

蜥蜴人朝著四周看了看，接著把話說完。

「妳真是個善良而且單純的女孩，所以我要給妳一個忠告，在謎霧島上，妳千萬不要相信任何人！」

「為什麼？」不能相信任何人？為什麼！「綠笛他們是我的好朋友。」

「連好朋友也不能相信！」蜥蜴人大聲說。

小柚搖頭，不願意相信。「不會的，他們、他們……」

「在這裡，沒有朋友。」蜥蜴人說完，看向前方草叢，感覺有動靜。「就當是為了感謝妳還給我斷尾，我才給妳這個忠告，妳自己小心一點，看著辦吧！」

拋下最後的話，蜥蜴人跑進另一邊的草叢裡，很快消失在草浪中。

「小柚、小柚。」綠笛慌張的喊叫聲傳來。

小柚愣了幾秒才回答。「我……我在這裡。」

是嗎？不能相信嗎？可是，他們都是她最好的朋友。

真的不能相信嗎？

30 一到九的數字

「喂，妳們知道嗎？小柚居然說暑假想去打工！我的天啊，那是多麼笨的想法呀，只有苦命的人，才會去打工！我眞不懂耶，她爸爸賺的錢已經夠多了，她哪還需要去打工？根本是個虛僞的人。」

「平常她一副自以爲是的模樣，眞以爲自己是高高在上的公主嗎？隔壁班幾個男生還想追求她，眞沒眼光，想一想，有哪個公主的臉上會有那麼多雀斑？眞好笑！」

走在隊伍的最後，小柚的腦海裡忍不住一直跳出這些話來。

一直以來，她也覺得小珍是她最好的朋友呀，但沒想到，她居然在背地裡，說那麼多傷害她的話。

所以，她能相信他們嗎？

小柚停下腳步，把目光拉向前，盯著走在前方的綠笛、紅嘴、饅頭、和小灰球。

饅頭轉過來，對著她微笑。「我們在談，一到九，妳會選哪一個？」

「什麼一到九？」小柚覺得自己的腦筋老是跟不上他們的話題。

但，能相信他們嗎？可以嗎？

在謎霧島上，妳千萬不要相信任何人！

蜥蜴人的話，再一次從她的腦海裡跳出來。

饅頭自顧自的說著：「一到九是兒歌啦，我們大家一起編出來的兒歌。」

「兒歌？」小柚想，如果是兒歌，為什麼她一點印象也沒有？

饅頭唱了起來。「一是大頭蛋，二是雙胞胎，三是三隻羊，四是沒有事，五是大吉祥，六隻毛毛蟲，七個小矮人，八是叫爸爸，九九乘法表。」

饅頭唱到了九，哈哈哈的大笑出來。

但走在隊伍最前方的幾個人，突然停下腳步，啊的大喊了出來。

「1到9！」

「是嗎?」饅頭停止笑，跑上前，喜出望外的大喊。「果然是1到9耶!」

「喔耶!」紅嘴站在最前方，用翅膀指著九棵樹的樹幹。

前方的幾棵樹幹上，分別被人刻著九個大大的阿拉伯數字，數一數，是1到9，總共有九個數字。

「得救了，得救了，還好以前有做記號，現在終於可以找到出路了。」大家集合過來，不由得討論了起來。

落在隊伍最後的小柚，一點也不在乎什麼數字。蜥蜴人的話盤踞在她的腦海，不斷的跳出來，像中毒一樣，跳躍的次數越來越頻繁，聲音越來越大，小柚的心正陷入了迷路中。

想了很久，她終於鼓起勇氣，大聲問：

「你們是真心誠意的想要跟我去找小凱嗎?還有，在謎霧島上，大家最怕誰?在黑夜降臨後的主人，又是誰?是牠抓走了小凱，對不對?」

㉛ 有一間商店

「我……」

「我們……」

「我們不知道。」

最後一句話，綠笛說得斬釘截鐵。小灰球、紅嘴和饅頭都轉頭看著他，關於小柚的問題，他們不是沒想過，但從沒人敢提，因為沒人想談論：在謎霧島上，黑夜降臨後的主人。

1、2、3、4、5、6、7、8、9，小柚瞪著雙眼，看著大家，不自覺走到9這個數字的樹幹前，她板起臉孔。

「為什麼不知道？怎麼可能不知道？」她的聲音被提高了八度，接近尖叫。

綠笛低頭，縮起脖子。

紅嘴一反常態的安靜，緊閉起嘴巴。

饅頭不安的看著自己的雙手，用眼角偷偷瞄向綠笛。

小灰球拍著翅膀往上高飛一些，在大家頭頂上繞了幾圈，回到小柚面前，和她大眼瞪小眼。

「妳不該懷疑我們想要找到小凱的心！」

綠笛、饅頭和紅嘴用一直點頭表示出心意。

小灰球接著說：「不跟妳提黑夜後降臨的妖怪，也不代表我們沒想過，小凱可能是被牠抓走了。」

「妖怪！」小柚挑出了一長串話裡的重點。

「我們被像繩索一樣的絲黏著。」饅頭仍然低著頭，看起來像用頭頂在說話：「那些絲，就是牠的陷阱。」

絲？陷阱！

小柚閉了閉眼，想了一下。

再一次的，一道光閃過她的腦海，有個毛茸茸的黑影閃過，她的手臂很自然的跳起了一粒粒的雞皮疙瘩。

「蜘蛛。」小柚張開了嘴，很自然吐出這兩個字。

隨著字像被魚吐出的泡泡一樣往上升，有些影像慢動作般的被播放出來，倒帶的畫面先是一部銀色的休旅車，那車子的主人穿著整齊畫一的西裝，打著勒得很緊，可能會窒息的領帶，狠狠踏下煞車，輪胎吱吱響的磨擦著地面，然後車子在一間商店前停下來。

那間商店的名稱，真的叫「有一間商店」。

「乖，爸買樣東西給妳，就當是妳的暑假禮物，好不好？」

小小身影，綁著兩條辮子的小女孩，拚命搖頭，把嘴巴噘得比天還高。

「這個，這個，還是這個？」穿西裝的爸爸，在貨架前比畫著，一樣東西換過一樣。

女孩仍然拚命搖頭。

穿西裝的爸爸目光被貨架上的一樣東西吸引住，忍不住伸手，把那個籠子拿起來。

「就這一樣吧，妳看牠多漂亮，就當是爸這個暑假不能陪妳的禮物。」

女孩差點昏倒，頭搖得更用力。

就算沒空陪她過暑假，只要是正常人，都不會買一隻毛茸茸的大蜘蛛給自己的女兒當禮物吧！

回憶到這裡中斷了。

小柚瞪著9這個數字，另一個聲音在腦袋裡嗡嗡響：

邪惡會在黑暗中成長，善良卻在失去勇氣後，縮到最小！

邪惡會成長、會成長、成長……

忍不住的，小柚渾身打起一陣寒顫，往後退了一大步，背撞在樹幹上，刻著9這個數字的樹幹，叩一聲，裂開了一個樹洞。

小柚重心不穩，整個人往後倒，開始往下掉，一直往下掉，最後只剩下尖叫聲。

「啊——」

32 用貓翅膀換來的東西

「一是大頭蛋，二是雙胞胎，三是三隻羊，四是沒有事，五是大吉祥，六隻毛毛蟲，七個小矮人，八是叫爸爸，九九乘法表。」

「什麼是九九乘法表？」

「誰知道呢！這種莫名其妙的歌詞，只有那群笨蛋會唱。」

「不過，你覺得如何？那群小灰鼠還是挺厲害的吧！」

「如果妳指的是挖洞的技術，那真是無話可說。」不論是地洞，還是樹洞。

「她……」

聲音在這時候停止了，除了因為趴在地上的人動了一下，有醒過來的跡象外，還有此起彼落的尖叫聲。

小柚醒過來時，見到的是一片混亂的景象，當然還有震耳欲聾的尖叫吶喊，喀喀幾個聲響後，幾個影子閃過眼前，緊接著小柚感到脖子上微微涼意，幾隻銳利的爪子壓在她的脖子上。

撲倒在地上的影子，彈跳起來，有兩個衝上前。

「喂，別傷害她！」

「哎呀、哎呀，真是麻煩，你們為什麼不乾脆放棄這個女孩，居然笨得跟著跳下樹洞！」擁有銳利爪子的主人說。

小柚揉揉眼睛，終於看清楚。

原來，衝上前的是綠笛和小灰球。

但，壓在脖子上的力道，在這時候加重了，銳利的爪子幾乎在柔軟的皮膚上抓出血痕。

「告訴你，我已經把我的孩子救出來了，但僅管如此，我仍然感到深深的痛恨。所以，想要我放開這個女孩也行，拿你的翅膀來換，怎麼樣？」

這句話結束在充滿涼意的笑聲中，小柚聽出了是白鼠婆婆的聲音。

她想開口說話，她想說，很久以前，自己曾經養過一隻黑鼠和一隻白鼠。

「開什麼玩笑，翅膀是隨便說拿下來，就可以拿下來的嗎？」跳出來說話的是剛從地上爬起來的紅嘴。

拍拍翅膀，若不是光線昏暗的關係，此刻一定能見到牠灰頭土臉，全身都沾滿了泥巴。

「那就別怪我們不肯手下留情！」黑鼠公公朝黑暗中揮了揮手，一群灰鼠從四周慢慢圍過來。

小柚感覺到壓在脖子上的力道又加重了，一點一點的血珠，很快染紅了她的衣襟。

「喂、喂……」她想大喊，但另一個聲音壓過她。

「好吧，換，我換，如果你們真的那麼想要我的翅膀！」小灰球拍拍翅膀飛起來。

「開什麼玩笑，不可以！」紅嘴大喊。

「不可以！」綠笛和饅頭也同樣說。

但，小灰球似乎是鐵了心決定，想用自己的翅膀把小柚換回來。

「我來想想，我們應該怎麼做，是用鋸子把牠的翅膀鋸下來，還是用刀子切下來。」白鼠婆婆說著風涼話。

黑鼠公公在一旁哈哈大笑。

「都不用！」小灰球停下來，站在白鼠婆婆面前，閉起眼睛，開始默念。

「不可以！」

「小灰球！」

「放棄了翅膀，你就什麼也不是了！」

綠笛、饅頭和紅嘴同聲吶喊，最後是小柚的聲音，她克服了脖子上的疼痛，重新找到勇氣，張大嘴巴喊：

「別為我放棄了你的翅膀，否則我永遠都不會把你當成朋友！」

這隻貓居然願意為她失去一雙翅膀！

失去了翅膀後，牠將會變成怎樣？

貓的翅膀，貓的翅膀，有股火氣從小柚的心底燃燒起來，不斷往上升、往上竄，越燒越旺，越燒越烈，越燒越激昂，燃起了她的勇氣。

用貓翅膀換回的勇氣，也喚回她的記憶：妳想找回妳的眼淚嗎？那麼，妳得先找到勇氣！

她想起了小灰球曾經對她過說的話。

但，除了勇氣之外，她還有……朋友們、友情。

突然間，小柚感到非常慚愧。

為了她，小灰球願意放棄翅膀作為條件來交換，綠笛、饅頭和紅嘴，跟著一起跳進樹洞裡，而她呢？

她卻聽信了蜥蜴人的話，起了懷疑的心，不願意相信他們。

33 妖怪也有老闆

誰都沒想到，當白鼠婆婆說出可怕的話，小柚居然能坦然面對，以無比勇氣回答。

「既然這樣，不如我們把這女孩交給牠吧！」白鼠婆婆放開小柚，對黑鼠公公使眼色。

「他？」小柚想著，他是誰？男生的他、女生的她、動物的牠、亦或是……祂！神……

「偉大的六眼大人。」黑鼠公公嘿嘿笑著。

「六眼……」小柚腦袋裡閃過一個毛茸茸影像，但那個影像不只六個眼睛。

「蜘……蜘蛛嗎？」

大家談過蜘蛛絲，那個和繩索差不多粗細的蜘蛛絲。

是那隻蜘蛛編織的嗎？那隻蜘蛛，就是謎霧島上增長的邪惡嗎？

邪惡會在黑暗中成長，善良卻在失去勇氣後，縮到最小！

不由得，小柚的腦海裡又跳出了這句話。

「帶我去見牠吧！」蜘蛛是她的責任，是爸爸從那間商店裡買來，送給她的暑假禮物。

何況，如果蜘蛛知道小凱的下落，無論如何，她必須找到小凱，把小凱找回來。

「咦！」

「咦！」

黑鼠公公和白鼠婆婆的嘴裡，同時發出疑惑聲，然後是嘿嘿的安心笑聲。

「是妳自己想去見牠的，到時候可別怪我們呀！」沒想到計畫，大成功。

蜥蜴人說：引誘他們去見六眼，讓六眼來收拾他們，果然是個妙計中的妙計。

「走吧！」小柚挺起胸膛，往前站一步。

綠笛、饅頭、紅嘴和小灰球，當然知道她心裡想些什麼。

小凱、小凱、小凱，她要救弟弟小凱，但是危險、危險、危險，沉重又令人害怕的兩個字，很自然抓住大家的心。

地道像漫長無止盡的幽暗水管，走著走著，不時還傳來落葉、昆蟲屍體腐朽的氣味，這些氣味和泥土融合在一起，產生另一種讓人幾乎要喘不過氣來的霉味，另外加上即將面對的妖怪，讓綠笛、饅頭和紅嘴的步履顯得蹣跚，至於小柚，難道一點也不害怕嗎？

不，她當然害怕。從小時候，她就極度討厭蜘蛛，稱蜘蛛是毛茸茸的可怕東西。但，她明白自己不能害怕，害怕無助於找回弟弟小凱，所以她只能生氣，用生氣趕走害怕，用火氣產生勇氣。

她甚至這麼想，如果找回了小凱，關於那些發生在她家的不幸，是否都能翻轉過來。

爸媽不互相責怪、不吵架、不離婚，而小灰球也不會死掉。

想著，想著，她不由自主轉頭，看著飛在身旁的小灰球。似乎是很有默契的，小灰球也轉頭看著她。

貓咪琥珀色的眼瞳裡，沒有恐懼，只有擔憂。

走在隊伍最前面的黑鼠公公突然停下來，雙手放在胸前，抬起頭，在空氣中嗅聞了起來。

「看起來，牠好像來了呦！」

綠笛、饅頭和紅嘴緊張了起來，他們往後退，退到小柚身旁，圍住她，保護的意圖非常明顯。

小柚告訴自己，不能害怕。

白鼠婆婆嘿嘿嘿的笑了起來。

「你們先走吧，先走吧，他們已經跑不掉了。」揮動著細細的前足，白鼠婆婆要那些灰鼠們先離開。

灰鼠兵團聽話的如潮水般迅速退離，幾乎那些細碎雜沓的腳步聲剛消失，一股腥臭中混雜著腐朽的氣味，馬上充斥於地道裡。然後，伴隨著幾個震動，在大家以為地道就要塌陷下來時，幾隻巨大像柱子一樣粗的腳，從天而降，出現在大家面前。

黑鼠公公和白鼠婆婆很快跪下來。

「偉大的六眼大人呀，我們如約定，把人帶來了。」

黑暗中，突然亮起了一盞一盞的燈火，黃色的光卻不帶溫暖，給人一種恐怖的感覺。

光從地道上方慢慢移動，然後腥臭味加重。

「我知道了，你們可以滾了！」聲音和移動的光一起從地道上方傳來。

黑鼠公公和白鼠婆婆直叩頭。

「是的、是的，太感謝您了，我們馬上走。」趕快從地上爬起，黑鼠公公和白鼠婆婆跑得像飛一樣快，一溜煙就消失在黑暗的地道裡。

「還記得我嗎？」那六個發光的點，移向小柚。

六眼妖怪的模樣一點一點顯現出來。

毛茸茸的腳、毛茸茸的身體，兩顆又粗又銳利的獠牙下，掛著一張大得像黑洞的

C.H.Liao 2015

嘴巴，六個像火炬一樣的眼，直盯著小柚。

「我要把你們變成黑色泥人，送給我的老闆，她應該快醒過來了，把你們當成禮物送給她，絕對是件不錯的事！」

紅嘴聽了嚇得瑟瑟發抖，躲在小柚的背後。

是顫抖，讓小柚感到心頭的火氣越燒越旺，熾烈燃燒的火氣大大提升她的勇氣，讓她昂首挺胸了起來，大聲說：

「我還以為妖怪已經夠了不起了，沒想到也同樣受制於人，真是天大的笑話，原來妖怪還有老闆！」

34 第二道謎題

「廢話少說！」

六眼的吼聲造成地道裡的一陣晃動，小柚、綠笛、饅頭和紅嘴差點跌倒，小灰球則往上飛高了些。

「我要讓你們統統變成黑色泥人！」六眼大吼著，瞬間像繩索一樣的蜘蛛絲，朝著小柚和其他人攻擊過來。

小柚對著大家使了一個眼色，綠笛、饅頭、紅嘴和小灰球全散開來，往各自不同的方向躲開，六眼雖然有六隻眼睛，但吐出的蜘蛛絲卻只能攻擊一個方向，幾次撲空後，牠的火氣大增。

「可惡的傢伙，我一定要吃了你們。」八隻粗壯的腳，在地道裡動了起來，整個地道晃動得如地震，上方的土石不斷崩落下來。

小柚剛閃過幾粒碎石子，右邊的泥沙就落了下來。

「小心！」綠笛喊著衝過來，用力推開她。

小柚一倒地，連喘息都來不及，就見到嘩啦嘩啦的泥沙落下，幾乎堆成了一座小山，塞住了地道的一邊。

還好，是綠笛推開她，否則後果不堪設想。才這麼想著，地道裡突然晃動得更厲害，原來那堆像小山一樣的沙土埋住了六眼的兩隻腳，急於脫困的牠，用另外六隻腳攀住周圍，激烈的掙扎起來。

「喂、喂！」小柚從地上爬起來，大聲喊。

在這樣下去，整個地道都會垮掉。

「我要把你們都變成泥人，全都變成黑色泥人！」六眼忿恨的眼像火炬，除了不斷抽動被沙土埋住的兩隻腳，也吐出更多的絲。

小柚、綠笛、饅頭、紅嘴和小灰球不斷往後退，退到了角落，像潮水般湧來的蜘蛛絲幾乎漫到他們的腳邊，而六眼卻受困其中。

「可惡！」牠不甘心的大喊。

「你也有今天。」紅嘴大笑著拍動翅膀，轉圈圈。

小柚和綠笛互看了一眼，眼神述說著相同的想法。小柚上前，對著六眼說：

「我、我們可以幫你脫困，但你得告訴我，小凱到底在哪裡？」

「小凱？」六眼轉動了一下發亮的眼。「喔，我想起來了，是妳那個活潑可愛的弟弟，對吧？」

「你果然知道！」小柚開心的往前走一步。

「我當然知道。」六眼又挪了挪腳，很可惜，八隻腳還是被困得緊緊的。

「告訴我！」小柚大聲喊。

「憑什麼？」六眼把頭挪近。

「我能幫你解困！」小柚昂起胸膛。

六眼沉默下來，像盤算著什麼。「那，妳先幫我解困，我在告訴妳，妳想知道的事。」

「不行！」

這一次，綠笛、饅頭、紅嘴和小灰球一起大喊。

小柚看了看他們，也跟著堅定的搖頭。

「我怎麼知道，我們幫你解困後，你會如約定告訴我小凱在哪裡！」

六眼悶悶的發出咕嚕嚕的聲音，最後說：「也對！但，我也一樣，如果我告訴妳了，又怎麼知道你們會幫我脫困呢？」

這是個好問題。

「我們是講信用的！」綠笛說。

「喔，那如果我也說一樣的話呢？」六眼呵呵的笑。

笑聲隆隆震動著，地道上又落下一些沙石，牠趕緊收起笑聲。

「這樣……」小柚來回踱著步，也就是說：彼此的互信不夠。

「不如這樣吧！」同一時間，六眼好像想到了不錯的辦法。「我告訴妳一個謎題，妳解開了，就能知道妳弟弟到底在哪裡，當然了，你們得幫我脫困。」

小柚想了一下，這似乎是個不錯的辦法。

綠笛、饅頭、紅嘴和小灰球比較謹慎細心。「我們怎麼知道你的謎題是真，還是假？」

六眼又想了下。「當然是真，不會是假。你們想想，既然是謎題，有那麼容易解開嗎？還有，在謎霧島，出假謎題會有什麼後果？何況，你們解題需要時間，而幫我脫困，除掉這些……」看著困住自己的居然是蜘蛛絲，六眼真是有點傻眼了。「這些蜘蛛絲，也是需要時間的，你們不覺得，這樣很公平嗎？」

綠笛、饅頭，小灰球和紅嘴當然不想開口說是。

只有小柚覺得，這方法可行，無論如何，她一定要找到小凱。

「請出題！」

六眼盯著她，看了很久，微微笑著，這次不敢笑得太大聲，以免土石又崩落，然後緩緩地，緩緩地，牠說：「遠看是群毛小孩，近看一眼很奇怪，耳、眼、鼻、舌統統有，穿起衣物卻不稱頭，明明能走又能跑，卻愛到處碰碰跳，一聲吶喊，都往樹上跑。」

35 紅嘴的眼淚

遠看是群毛小孩，近看一眼很奇怪，耳、眼、鼻、舌通通有，穿起衣物卻不稱頭，明明能走又能跑，卻愛到處碰碰跳，一聲吶喊，都往樹上跑。

「一聲吶喊，都往樹上跑？」小柚喃喃自語地念著六眼所出的謎題，尤其是最後一句。

什麼情況會一聲吶喊，都往樹上跑呢？

「現在，我才知道什麼叫自作自受，原來這話還真是有道理呢！」紅嘴的聲音從角落裡傳來，暫時打斷了小柚的思緒。

小柚轉頭看向牠。

紅嘴正用兩隻翅膀夾著把刀，慢慢吞吞的切割著蜘蛛絲。

「你這隻可惡的鵝，等會兒我脫困，第一個就是吃掉你！」紅嘴的話惹毛了六眼，六隻可怕的眼裡，像噴出火花一樣含著怒氣。

「偉大的六眼大人呀，我好害怕呀，你可千萬別吃我呀！」紅嘴把小刀扔給了饅頭，演戲一樣的裝起了害怕模樣，還瑟瑟發抖。

小柚嘆了一口氣，搖搖頭，這隻呆頭鵝實在惹人討厭。

然而，饅頭的想法顯然與她不同，掩著嘴，呵呵的笑了出來。

「怎麼樣？蜘蛛絲……」小柚問。

綠笛、小灰球和饅頭同時回答。「差不多了！」

「不過……」綠笛轉頭看著崩落的土堆沙粒。「那些泥土就……」

「我們不能動那些泥土。」小柚大聲說，而她的想法和綠笛剛好不謀而合。

他們可以幫六眼割斷纏繞的蜘蛛絲，但不能清除那些崩落的土石，否則等六眼完全脫困，他們將失去逃走的機會。

饅頭靠到小柚身旁，小小聲問：「怎麼樣？謎題解出答案了嗎？」

小柚低頭，看了饅頭一眼，嘆口氣的搖搖頭。

「喂，你們答應幫我脫困的，慢慢吞吞、拖拖拉拉的，你們到底在幹什麼？」六眼不耐煩的大吼，沒被困在泥土堆裡的幾隻腳動了動。

發現，已經擺脫了蜘蛛絲的束縛。

「喂、喂，你別亂動呀，你這樣亂動，崩落的泥土更多了，我們等一下怎麼幫你脫困！」見六眼沒被泥土困住的幾隻腳已經活動自如，小柚的心情不由緊張起來，急中生智的喊。

「對、對，你一動只會讓泥土崩落更多，情況會更糟的！」綠笛附和著。

兩人相互交換眼神，腳步慢慢往後退，並暗示饅頭、紅嘴和小灰球，大家一起後退，準備離開地道。

「妳確定牠給的謎題是正確的嗎？真的能找到小凱嗎？」紅嘴平時雖然少根筋，脾氣暴躁，嘴巴又不饒人，但在找小凱這件事上，卻非常執著。

「紅嘴說的有道理。」饅頭認為謹慎為上。

「我認為牠不可能說謊。」小灰球卻提出不同看法。

「我也這樣認為。」綠笛也這麼說。「你們大家都知道，在謎霧島上，出謎題的人，不能出一個假謎題騙人。」

饅頭和紅嘴互相看了看，想了下，點點頭。

「為什麼？」倒是小柚，很直接說出心裡的疑問。

其他人張著嘴，轉頭看她。

小柚被看得很尷尬，乾脆用猜的。「該不會又和什麼咒術師的詛咒有關吧？」

綠笛、饅頭、紅嘴和小灰球默不作聲的點頭，表情嚴肅，表示小柚隨口的話，卻猜得正著。

「哎，既然這樣，就表示謎題沒問題，所以……」小柚想問，大家心裡有沒有什麼想法。

「你們在做什麼？還不快過來幫我處理掉這些泥土！」六眼的大喊聲，迴蕩震動在地道裡，幾處塌陷的地方，又開始滑落土石。

綠笛朝著大家使眼色。

「我看到前面有光，出口應該就在那兒，大家跟我來。」第一個拔腿跑的是饅頭。

小柚跟上饅頭的腳步，其他人跟著奔跑起來。

紅嘴落於隊伍的最後，離開前不忘調侃一下六眼。

「想除掉這些泥土嗎？很抱歉，只好請六眼大人您，自己慢慢動手啦！」

「你們、你們這些混蛋，你們想違反約定嗎？回來，快回來呀！」六眼大喊著，氣得揮舞著沒被困在泥土裡的幾隻腳。

轟隆隆、轟隆隆，地道震動得更厲害，泥土和沙石不斷滑落，龜裂的痕跡也由微小的縫隙暴裂開來，像被蠻力應聲撕裂，晃動的次數和頻率越來越多、越來越快。

「快一點，大家快一點，就在前面一點點而已！」隊伍最前方的饅頭大聲喊，這時大家已經無法站立，改在地上用爬的。

落在隊伍最後的紅嘴，無法用雙手爬行，只好停下來，躲在一旁。

「可惡呀、可惡！」他們的背後不斷傳來六眼暴怒的吼叫聲。

接著又是幾個激烈的震動，土石落得猛烈，饅頭的一手終於攀上了光線落下的洞口處。

「快一點，這裡可以出去！」饅頭朝著後方喊。

地道裡卻突然安靜下來，地震似的晃動也停了，隊伍最後蹲著不動的紅嘴，終於站了起來。

「好、好像沒事了！」紅嘴大喊，「該不會六眼被那些崩落的土石擊中，所以……」

猜測聲突然停止了，像被抽真空的機器吸走了一樣，因為黑暗的地道裡，突然亮起了六盞火炬。

紅嘴心裡跳出糟了兩個字，搖動著肥胖的鵝屁股，沒命的奔跑起來。

「糟了，六眼脫困了！」紅嘴喊著，背後很快傳來六眼可怕陰森的笑聲。

「我要把你們都吃掉，全都吃掉！」六眼移動的速度非常神速。

「快點，這裡。」饅頭先爬出洞口，向洞內伸出一手，緊跟在後的小柚把小灰球先交給饅頭。

「妳先走。」綠笛說。

小柚搖頭，因為她發現，紅嘴還落在很後面。

「你先走吧！」她對綠笛說。

綠笛不肯，微挺起腰，轉頭對著紅嘴喊。「紅嘴，快一點！」

「不用你說，我也想呀，可是我快不了，要是能飛就好了。」紅嘴大聲說，拚了命的跑。

但，背後的六眼已經越追越近。

一隻毛茸茸的蜘蛛腳從天而降，帶來一陣震盪。

綠笛不顧小柚意願，把她推上洞口。

小柚尖叫著，一上到洞口，趕緊把手往洞內伸。然後她見到了，綠笛往回跑向紅嘴，奮力抱起紅嘴，奔回洞口。

但，六眼已來到了他們身後，又長又粗的蜘蛛腳伸向他們。

綠笛的手攀上洞口。

蜘蛛的腳刷地落了下來，掃過綠笛的耳朵，綠笛的手鬆脫了，往下掉。小柚把身體彎進洞穴裡，緊緊抓住綠笛的手。

「拜託，千萬別鬆開，給我你的另一隻手！」她大聲喊。

但，綠笛的另一隻手緊抱著紅嘴。

六眼另一隻腳已經接近。

紅嘴緊盯著綠笛看，像做出了什麼重要決定。

「別這樣，紅嘴，我可以救你出去，一定可以！」綠笛大喊。

然後，小柚見到了紅嘴用嘴巴啄了綠笛的手好幾下，直到綠笛再也忍受不住的鬆開了手。

紅嘴往下掉落。

小柚見到了紅嘴的眼裡蓄滿了淚水，然後大聲喊：「幫我找到小凱，告訴他，對不起，我錯怪他了！」

小柚完全抓住了綠笛，用盡全身力氣，把他拉上來。

洞裡傳來六眼的吼聲：「我會抓到你們的，我絕對會抓到你們的！」

㉟ 耳朵缺了一個角

在黑暗中不知奔跑了多久，亦或是從白天一直奔跑到黑夜，一群人根本毫無感覺，直到綠笛支撐不住的昏倒了，大家才驚覺，綠笛的耳朵受傷了，缺了一角，流了好多血。

小柚仔細幫綠笛包紮後，轉過頭，看見饅頭在一旁默默的啜泣。

「牠會把紅嘴吃掉！」饅頭邊說邊擦拭眼淚。

小柚無力的發現，自己唯一能做的，只是給饅頭一個深深的擁抱。然後，饅頭的淚水沾上了她的臉頰，那微溼的感覺中帶著微微的溫度。

原來，這就是眼淚。

她早已忘了的淚水，原來是有溫度的。

「我想……暫時不會。」小灰球的話稍稍安慰了饅頭。

「我也這麼認為。」醒過來的綠笛，加入談話，看法和小灰球一樣。

饅頭抹掉臉上最後的淚痕，破涕為笑。「那，我們現在趕快回去救紅嘴。」

「不。」綠笛和小灰球互看著說。

「為什麼？」站起來，大聲問話的卻是小柚。

現在紅嘴沒被吃掉，不代表一會兒後不會被吃掉，對吧？

「我們應該先找到小凱。」綠笛說。

小灰球附和著點頭。

饅頭雖然心繫著紅嘴的安全，但卻也同意先找小凱。

「但是……紅嘴……」小柚覺得其實那隻呆頭鵝也沒有那麼討人厭。

不知道為什麼，紅嘴啄咬綠笛的手，犧牲了自己，往下掉的畫面，不斷在小柚的腦海裡跳動。

紅嘴是一起冒險的伙伴，既然是伙伴，就應該先救出牠。

「噹、噹、噹……」突來的鐘聲除了打斷小柚的話，也像雷鳴一樣的響徹整座森林。

「時間已經剩下不多了。」小灰球說。

綠笛和饅頭一起點頭。

「先找到小凱。」饅頭說。

很快，這成了大家的共識，只有小柚仍然想著，無法將紅嘴獨自拋下。

「六眼的謎題怎麼說？」綠笛問。

饅頭如實念出來。「遠看是群毛小孩，近看一眼很奇怪，耳、眼、鼻、舌統統有，穿起衣物卻不稱頭，明明能走又能跑，卻愛到處碰碰跳，一聲吶喊，都往樹上跑。」

「我想，這應該不難解開。」綠笛說。

「關鍵在，明明能走又能跑，卻愛到處碰碰跳，一聲吶喊，都往樹上跑。」小灰球拍拍翅膀，在大家頭上繞圈子。

「什麼東西會在聽到吶喊後，往樹上跑呢？」饅頭抬高下巴，閉著眼睛，非常認真的思考著。

「喂、喂！」看著他們，小柚大聲喊。

無法相信，他們真的打算不解救紅嘴。

綠笛、饅頭和小灰球同步看著小柚。

小柚又氣又急，只能大聲喊：「雖然找到小凱很重要，但是我想我們應該先救紅嘴。」

綠笛嘆了一口氣。「我們剩下的時間已經不多了，在下次鐘響之前，若找不到小凱，就糟了。」

「為什麼？」小柚問。

「下次鐘響之後，東女王就會醒過來。」饅頭小小聲說。

小柚的眼裡掛著問號。

小灰球只好說：「相信我們，紅嘴是同伴，我們不會拋下牠，六眼抓了牠，但不可能馬上吃掉牠，唯一可能，紅嘴會成為禮物。」

「禮物？」小柚看著大家。

綠笛、小灰球和饅頭正想著如何解釋關於禮物的事，一群影子突然閃過大家頭頂，從這一棵樹梢跳過另一棵樹梢。

「快快快，她快醒了，賀禮、賀禮！」

「賀禮、賀禮，賀禮、賀禮！」

那群影子邊跳躍還不斷傳來驚慌的騷動。

綠笛張大雙眼，腦袋裡閃過了幾道強光。「我想……我知道謎題的答案了，大家快，跟上牠們。」

他指了指樹梢，不顧耳朵上的傷口，奔跑起來。

小柚、饅頭和小灰球慢了幾秒才反應過來，很快跟著奔跑起來。

37 賀禮

樹上蹦蹦跳跳，蹦蹦跳跳，一群猴子，從這棵樹盪過另一棵樹，不斷往前進。

「遠看是群毛小孩，近看一眼很奇怪，耳、眼、鼻、舌統統有，穿起衣物卻不稱頭，明明能走又能跑，卻愛到處碰碰跳，一聲吶喊，都往樹上跑。」

「啊！」小柚仰著頭往前跑，謎題指的，該不會就是……

「猴子！」綠笛轉過臉，露出燦爛笑容。

「跟著牠們，說不定就能找到小凱了！」饅頭一掃低落情緒，奮力奔跑著。

「這群猴子遠遠看起來確實像毛小孩，最愛的是跳來跳去，還有……有誰比牠們爬樹的速度快！」小灰球往上飛，開心的大聲喊。

或許是喊的太大聲了，那群在樹梢上跳躍的猴子突然停了下來，帶頭的猴子先是吱吱叫了幾聲，接下來其他的猴子們也紛紛發出吱吱叫聲，整片樹林一下子躁動起來，籠罩在吱吱雜叫聲中。

「怎麼了？」小柚看著綠笛，一下子警戒了起來。

綠笛要大家靠在一起。

果然，饅頭和小柚才靠過來，從樹上就開始下起了一場毬果雨。還好，木麻黃的毬果並不大，打在身上的疼痛還能忍受，但是飛在大家上方的小灰球，首當其衝被攻擊，渾身沾滿了毬果，又癢又痛，只好趕快躲回地上，和大家靠在一起。

毬果雨下了一陣子，隨著猴群的吱吱叫聲變小，毬果雨也終於停了。

小柚抬頭，以為猴群終於離開，沒想到那一隻隻眼睛，卻由樹上直盯著他們。

「綠、綠笛。」小柚緊張的拉拉綠笛的手。

綠笛轉頭，樹上的猴子紛紛往樹下跳，吱吱叫聲瞬間又籠罩整座樹林。

「快，跑。」綠笛大喊著，拉起了小柚的手，奔跑了起來。

饅頭和小灰球緊跟在後。

猴群吱吱叫不停，快速追逐著他們。

小柚跑得氣喘噓噓，感覺肺臟快要爆裂了，背後卻傳來了饅頭跌倒的悶哼聲，連糟糕都來不急說出口，猴群果然圍了過來。

小柚煞住腳步。

綠笛自然跟著停下來。

兩人互看了一眼，很快就做出決定。

他們轉身跑向饅頭，小灰球也一樣，現在不管如何，他們都絕對不放棄任何一個同伴。

小柚從地上拉起饅頭，綠笛和小灰球也來到他們身旁，和剛才一樣，大家背靠背的聚在一起，警戒的盯著四面八方。

猴群慢慢靠了過來，團團圍住小柚他們，吱吱叫聲響徹雲霄，讓人心跳跟著震盪，然後帶頭的猴子開始大喊：

「吱吱、吱吱，賀禮、賀禮，賀禮、賀禮！」

38 葉子牆上的掌印

剛逃出蜘蛛的毒口，誰也沒料到居然會落入猴群的手中。

猴群帶頭的猴子叫曼奇，曼奇走在隊伍的最前方，吱吱吱的發號施令，猴群們包圍住小柚、綠笛等人，一路帶著他們往前走，往森林的深處走去。

「你聽我說，我們不是什麼賀禮，真的！」小柚不放棄希望，當隊伍經過一棵需要十個以上大人張開雙臂才能擁抱住的大樹前，她乘機衝到曼奇旁邊，大聲叫喊。

曼奇並沒被她的喊聲嚇到，還出奇鎮定的吱吱叫了幾聲，後方幾隻猴子一擁而上，把小柚抓到隊伍後。

小柚仍不死心的大喊大叫：「我們不是禮物，才不是什麼禮物！」

曼奇對於她的喊叫聲，似乎感到了厭惡，終於做出了行動，高高舉起一手，吱吱尖叫了一陣，然後是猴群的呼應聲，吵雜得恐怖，小柚甚至覺得自己的耳朵可能會聾掉。

「妳是賀禮，你們都是賀禮，東女王醒來後，誰都需要賀禮！」曼奇走到小柚面前，丟下這句話，並且狠狠的瞪了她一眼，轉身走回隊伍前。

望著曼奇的背影，小柚想大聲反駁，綠笛適時阻止了她。

「算了，我們會找到機會逃走。」

饅頭和小灰球也靠過來，悄悄點頭。

「那個叫曼奇的猴子。」小柚想了想，接著往下說：「你們覺得，牠會知道小凱的下落嗎？」

或許，她應該直接問牠。

「六眼的謎題是這麼說的。」小灰球說。

饅頭不確定了，只能看著綠笛。

包圍著他們的猴群，推推他們，隊伍又繼續前進。

「想辦法問牠。」走了一陣子，綠笛轉頭對小柚說。

落。

小柚深吸一口氣，目前只能等待，等待機會一到，她第一個問的會是小凱的下

才這樣想著，天空突然暗了下來，抬頭一看，才知道不是天空變暗了，而是茂密的樹林裡，居然隱藏著一個山洞，曼奇帶頭走進山洞裡，長長的猴群跟著移動，進到山洞裡，光線一下子全不見了，又溼又涼的風從山洞另一邊的出口吹來，竟讓人感到有點冷。

還好，山洞並不長，見到光從洞口透進來，沒多久，隊伍已經陸續走出山洞，一出了山洞，映入眼簾的是一大片山壁，山壁上貼著滿滿的葉子，看起來就像一大片的葉子牆。

在自然的山林裡，這樣一面牆，看起來非常不自然。

何況，山壁上貼著滿滿的葉子！

那些葉子看起來，真的像一片一片被貼上去的。

小柚放慢了腳步，偷偷的瞄著貼滿葉子的山壁，得到的結論是——那些葉子真的是

被貼上去的，用樹的汁液，一種類似樹脂的東西。

而且，每片葉子上都蓋著黑色的手掌印，猴子的掌印、猴子的掌印、猴子的掌印……人的掌印！

小柚的目光特別被其中一個葉子吸引住。

那是一枚小小的掌印，掌印上拇指的下方，有個空白的痕跡，那痕跡看起來像個小眉月。

一道光閃過小柚腦海，點亮了無敵明亮的燈泡。

世界在這一瞬間，彷彿全亮了起來，晶晶亮亮，燦爛無比。

小柚再也顧不了什麼，推開圍在身旁的猴子，奮力向前衝，衝到曼奇的面前，大聲問：

「告訴我，小凱在哪裡？」

那枚小眉月的痕跡，是小凱手掌上與生俱來的缺陷，沒想到這個缺陷卻幫助了她，可能成功的尋找到弟弟。

39 猴小孩

「不是妳說的什麼小凱，是我弟弟！」曼奇對著小柚大吼。

原來，那一年曼奇的媽媽生了最小的弟弟，小猴子在出生不久後即死去，母猴陷於喪子的悲傷中，剛好曼奇帶回了小凱。

於是母猴把對孩子的愛，轉移到小凱身上。小凱被留下來，成了猴群的一份子，日子一天天過，小凱還為牠們做了記錄，尤其在妖怪出現後，猴子一隻隻受傷、消失，讓小凱決心留下來，留在這裡保護猴群。

「他……在崖壁上的那棵大榕樹下。」過了一會兒，曼奇嘆息著，接著說：「從我媽媽過世後，他就一直待在那棵樹下。」

小柚的雙眼閃起燦爛的光彩，一句謝謝才說出口，腳步早已忍不住的往前，奔跑起來。

順著上坡路，小柚一路往前跑，綠笛、饅頭和小灰球也跟著奔跑起來，包圍著他們的猴群們發出吱吱騷動聲，但曼奇卻不准牠們行動。

「算了，原來弟弟的名字叫小凱，而小凱已經為我們做了許多事。」

猴群們停止了吱吱騷動，靜靜看著奔跑的身影，朝著山路小徑，一直往上，直到頂端的崖壁，長得和人一樣高的雜草隨著風輕輕擺動，像極了彎著腰行走的人。

風呼呼的吹，如同小柚的心跳，怦怦、怦怦劇烈的跳動，那跳動聲和呼呼風聲，譜成了一首奇怪節奏的曲子，催促著小柚爬上山崗，終於在踏上崖壁的剎那，她看見了那棵以奇形怪狀站立在山崖上的榕樹，也見到了站在榕樹下的人。

不，或許是隻猴子！

但是，在這一刻，小柚又不是那麼確定了。

她遲疑了一下，然後深深吸進一口呼呼的風，輕輕的閉上雙眼。有個聲音，很清楚的從心裡透出來，傳到她的腦海，傳到她的耳朵，如同呼呼的風聲，在她的耳朵裡不停回響。

找小凱，我一定要找到小凱，一定要找到。

在張開雙眼時，小柚的想法已經非常堅定，如同她跨出的步伐。

一步、兩步、三步，她毫不猶豫的往前走。

綠笛、饅頭和小灰球也上到了崖壁，饅頭和小灰球想跟上前，綠笛阻止了他們。

「我們能做的，已經全做了。」

言下之意，剩下的，唯有交給小柚自己去處理了。

風呼呼的吹，榕樹的枝葉沙沙的響，大榕樹的樹鬚像窗紗簾子一樣的飄呀飄，小柚慢慢的走上前，腳步輕輕緩緩地。

「小凱。」她輕輕呼喚，聲音融在風中，隨風輕盪。

被呼喚的，像猴子一樣的男孩抬起頭來。

臉髒兮兮的，衣服髒兮兮的，像哭了很久、很久，眼淚流乾了，沾在臉上，沾在衣服上。

是小凱，沒錯。

不知為什麼，小柚就是記得這張臉，一直一直出現在夢裡的臉，雖然曾經被遺忘，但只要再想起來，就永遠不會忘記了。

「小凱，我們回家了。」小柚輕輕呼喚，上前緊緊抱住弟弟。

40 眼淚、眼淚滾下來

當小凱終於想起了姊姊，一邊哭著說母猴死去的消息，一邊笑著和小柚一起走下山崖時，山崖下起了大騷動。

猴群吱吱吱的叫個不停。

那一聲緊過一聲的吱吱叫，是危險的訊號，更是求助的呼喊，小凱帶頭衝下山崖，果然見到妖怪出現了，曼奇帶頭抵抗，猴群的吱吱叫聲響徹雲霄。

「進山洞裡，大家快進山洞裡！」小凱大喊，帶領大家衝向山洞。

猴群似潮水一樣的湧向山洞，但隨著第一波逃進山洞裡的猴群發出尖銳的吱吱叫聲，第二波猴群才逃到山洞口，已經被逼著往外退。

「唉、唉、唉，你們看看，我說的多準呀，現在來個一網打盡，真是再好不過的時機了！」蜥蜴人帶著黑鼠公公、白鼠婆婆、和拿著削尖竹子的灰鼠們從山洞的另一端把猴群逼出來。

看著蜥蜴人，小柚生氣的衝上前。「你這隻可惡的臭蜥蜴！」

「如果只是我這隻可惡的臭蜥蜴，可能還好對付。但，我說過是一網打盡，所以……」蜥蜴人以嘿嘿笑聲結束了話。

彷彿是為了呼應蜥蜴人的話，沉沉的，像悶雷一樣的聲音，從天空上傳來，是謎霧島上被稱為妖怪的六眼，牠垂掛在山洞和樹木之間，六隻火炬般的眼，正虎視眈眈的看著大家。

「我說過，我一定會把你們做成泥人，然後一個一個吃掉！」

猴群吱吱吱的往後退，小柚和弟弟，綠笛、饅頭和小灰球，全都被迫的退縮在一起，灰鼠們從外包圍住他們。

「好了，偉大的六眼大人，現在我們可以開始倒數計時，到底是從誰先下手！」蜥蜴人跳上前，彎腰屈身的向六眼行禮。

「你這個卑鄙的小人！」小灰球忍不住開口罵。

蜥蜴人笑得很燦爛，樂滋滋的。「笨貓，你說錯了，不是小人，應該說是蜥蜴！」

蜥蜴人還糾正小灰球的說法。

氣得，讓人真想撲過去，當場扯斷牠的尾巴。

不過，蜥蜴人的尾巴本來就是斷的，一直沒再長出來，不是嗎？

當小柚的腦袋裡閃過這些想法，突然間好像沒那麼生氣了，尤其在見到弟弟小凱和曼奇互相交換著眼神，似乎準備做出反擊。

小柚也在心裡默數著。

果然，小柚才數到三，曼奇就突然跳起來，吱吱尖叫，聲音又快又急且尖銳，猴群們聽到了，也跟著吱吱尖叫，開始四處逃竄，一下子亂成了一團。

「快、快別讓他們跑了！」蜥蜴人吶喊。

「這裡，這裡，灰鼠們圍住這邊！」白鼠婆婆尖叫。

「可惡，你們這些笨蛋！」黑鼠公公責罵。

一下子，叫喊聲、責罵聲、尖叫聲、吶喊聲，和亂成一團的聲音，充斥著整座森林，在一團慌亂中，有個巨大的影子，罩住了天空，隨著影子的接近，似乎預告著不安的危險正在接近中。

風仍然呼呼的吹，只不過空氣中不知為什麼竟帶著股淡淡的腥臭味，然後黑影如烏雲般罩下，退到兩棵大樹下的小柚卻渾然不覺。

「危險！」

不知是誰發出的叫喊聲，像炸彈一樣在空氣中爆散開來，小柚張大著雙眼，時間彷彿靜止了，大家的臉在小柚的眼瞳裡定格，慢慢移動，成了慢動作。

先是小凱，然後是曼奇、饅頭、小灰球，最後是綠笛。為什麼他們全都張大了眼，臉上充滿了驚恐呢？

當心頭閃過了這樣的疑惑，下一秒，小柚即摔飛出去。

因為被用力撞擊、推開後，摔飛出去。

然後，一切好像靜止的時空突然恢復過來，開始慢慢運轉，畫面焦點定在某處，

C.H.Liao 2015

那個巨大的影子，掛在兩棵大樹中間的影子，還有影子下的人。

「綠笛！」

不知是誰大聲喊出。

綠笛的身體一下子癱軟下來，大蜘蛛尾端的毒針直直刺進了他的背，只有幾秒，綠笛的臉馬上失去了生氣，變成了泥巴一樣的顏色，很快成了一個泥人。

「把綠笛還給我，你把綠笛還給我！」饅頭大叫著衝過去。

誰也拉不住他。

一切發生的太快了，黑鼠公公從一旁衝出來，壓制住饅頭。灰鼠們圍住小灰球，曼奇被六眼預先織好的蜘蛛網困住，小凱則被白鼠婆婆帶著另外的一些灰鼠圍起來。

小柚一直看著變成了泥人的綠笛，很久、很久，才終於可以移開視線，她感覺心就像綠笛一樣，也被六眼的毒針直直的刺入，並不恐怖，也不害怕，但很酸，也很疼，尤其在見到小凱和大家都被抓住了時，心裡那酸酸痛痛的感覺更加的激烈，然後她想起了來到謎霧島後的一切，想起了綠笛、想起了饅頭、想起了紅嘴、想起了小灰球，想起弟弟小凱，回想著所有的一切，開心、生氣、煩惱、害怕、任性、吶喊、吵架、大笑……

想起了所有的一切。

突然，她覺得一直空蕩蕩的心，不再空蕩。

好多、好多的悲傷，好多好多酸酸疼疼的感覺，充滿著她的心，壓迫得她快喘不過氣來，像被翻攪過的湖水，漣漪擴大成了漩渦，漩渦正在慢慢的吞噬著她，然後她的眼眶紅了，變得又熱又燙，滾出了一滴一滴的水珠，水珠漫過了眼眶，掛滿了她的臉。

「原來，原來這就是眼淚，溫溫熱熱的眼淚！」小柚抬手抹去眼淚。

然後，一股前所未來的火氣，從她心底深處冒上來，一直往上衝、一直往上衝，直接衝上了頭頂。

火氣取代了心裡的酸疼，刺激增長了勇氣。

小柚雙手握拳，大步站上前，大聲的喊：

「喂，六眼妖怪，你這樣處心積慮，不就是想吃掉我嗎？好呀，如果你能答對我出的謎題，我就乾乾脆脆的送上門，讓你吃掉我好了，你敢嗎？你敢答應我嗎？」

41 第三個謎題

「別答應她呀！」

當蜥蜴人這樣喊時，已經來不及了。

「說吧，說出妳的謎題。」六眼一心只想把小柚吃掉，如果可以吃掉她，一定能澆熄心頭的怒火，報了失去兩隻眼睛的仇恨。

「不！」小柚搖頭，生氣讓她產生勇氣。「你得先答應我，如果你無法答對我的謎題，就必須放了我的朋友……他們！」

小柚的手指，一一指過所有人，包括曼奇和猴群們，當然還有變成了黑色泥人的綠笛。看著綠笛，小柚心痛的感覺又再度回到心裡，壓迫得她快喘不過氣，她知道，現在唯有生氣才能趕走傷心，她需要發脾氣，很大的火氣，像火山爆發一樣的生氣，才能趕走傷心的感覺。

然後，她想起了紅嘴。

總是和她鬥嘴的紅嘴，是不是也變成了黑色泥人？

「還有……」她說，板起臉，很大聲地。「還有紅嘴，你也必須放了牠！」

「當然沒問題。」六眼呵呵的笑了，火炬一般的眼裡透出自信。「不過，如果我答對了問題，可是會馬上吃掉妳喔！」

「我不怕。」小柚命令自己不能害怕。

「沒救了！」蜥蜴人嘆息的碎碎念。

小柚瞪向牠。

蜥蜴人偷偷向後退。

「快說出妳的謎題吧！」六眼大聲催促。

小柚想了一下，如何繞彎，如何讓謎題聽起來很難，如何可以讓六眼答不出來。

「快點！」六眼又催促。

最後，小柚還是放棄了，她打算不拐彎抹角，直接把謎題說出來。

反正，她想到了一個好辦法。

沒錯，這真是一個好辦法，絕對能幫助她，解救她的伙伴們！

「你聽好了。」小柚的雙手插腰，擺出最勇敢的姿態，現在她最需要的，無疑就是勇氣。「小時候八隻眼，長大六隻眼，老了又是八隻眼，你說，是什麼呢？」

「八隻眼、六隻眼、八隻眼……」六眼發出呼嚕嚕的聲音。「是什麼呀？到底是什麼呢？」

「如果猜不出來，就放了我的朋友，還有……把紅嘴還給我們！」小柚仰著頭，大聲喊。

「八隻眼、六隻眼、八隻眼……」六眼喃喃自語，嘴巴突然啊了一聲，「不會吧，怎麼可能？」

「你知道答案了嗎？」小柚問。

六眼從樹上把頭往下伸，挪到小柚面前，六隻眼睛同時盯著她。「不會是我想的吧？會這麼簡單嗎？」

小柚的雙手握拳，告訴自己絕對要勇敢，不必害怕這隻蜘蛛。

「看來，你已經有答案了！」

六眼的眼睛幾乎要貼到小柚的臉孔。「如果是這麼簡單的話，妳就死定了！」

小柚不退縮，「說出你的答案吧！」

六眼慢了幾秒，還是有點猶豫。「如果我答對了，妳會反悔嗎？」

沒有人會這麼簡單把自己當成點心送上門。

小柚搖頭，臉上還掛著笑。

這笑容讓人很猶豫，不過六眼也想不出其他答案了，何況……他計算著時間，距離第三次鐘聲響起的時間，似乎已經不多了。

「好吧，我想，如果我沒猜錯的話，答案當然就是本大爺──六眼，我自己！」六眼的聲音聽起來非常得意。

時間彷彿靜止了，小柚見到了伙伴們驚慌失去希望的臉，然後是大片的沉默和安靜，靜得可以聽到風的聲音，陽光撒落在葉子上的聲音，一些瑟瑟發抖的聲音，蜥蜴人的歡呼聲，白鼠婆婆和黑鼠公公的竊笑聲，最後是小柚鎮定回答的聲音。

「你答對了！」

六眼高興得差點跳起來歡呼，牠打算在鐘聲響起前，先吃掉小柚。

「現在，我可以吃掉妳了吧？」

「不行！」小柚抬起一手揮動。

「為什麼？」六眼生氣的大吼。

「除非你不想知道，明明只有六隻眼的你，為什麼又會恢復到八隻眼呢？」小柚雙手插腰。

六眼不得不承認，這是很大的誘惑。

「吃了她，快吃了她！」蜥蜴人在一旁大喊。

六眼覺得牠煩，揮出一隻腳，一下子把蜥蜴人踢到天邊去。

「妳快說吧！」牠懷念自己的另外兩隻眼睛。

「你得放了我的伙伴們！」小柚說。

「不可以。」六眼拒絕，「最多，我只能答應不吃掉妳。」

「不，你得放了我的伙伴們！」小柚堅持，不忘諄諄善誘。「除非你不想要你的另外兩隻眼睛。」

「他們是我準備要送給東女王的賀禮。」

六眼不得不承認，這是很棒的誘惑，但是……

小柚翻白眼。

怎麼又是賀禮。

想了想，在她的心裡很快就有了決定。「我……用我來和伙伴們交換吧！」

「妳是說……」六眼的六隻眼睛亮起來，「用妳自己和他們交換，把妳當成東女王的賀禮，送出去？」

這似乎是個不錯的提議。

小柚毫不猶豫的點頭。

「好吧！」六眼爽快的答應了，而且發出呵呵大笑聲。「現在，快告訴我，我的另外兩隻眼睛，怎麼了？」

「把你的身體靠過來吧！」小柚揮手，六眼真的照做。

只見小柚手腳靈活的爬到六眼的身上，不畏懼毛茸茸和刺刺的噁心感，憑著回復的記憶，爬上了蜘蛛的頭頂，爬到了眼睛的上方。她的雙手，在兩隻看不見的眼睛上摸了摸，很快找到了她所要找的東西，輕輕慢慢的，慢慢的，把覆蓋在眼睛上的東西撕下來。

原來，是兩張郵票！

郵票蒙住了蜘蛛的兩隻眼，灰塵又覆蓋在郵票上，日積月累，日積月累，被蓋住的部分越來越大，六眼就失去了牠的兩隻眼睛。

「我……我可以看見了，我現在不叫六眼，應該叫八眼了！」六眼高興得轉起了圈圈。

「噹、噹、噹、噹、噹、噹。」第三次的鐘聲響起，響徹了整座森林。

「快走、快走！」黑鼠公公、白鼠婆婆喊著，和灰鼠們很快轉身逃跑，一下子就消失在森林裡。

「走吧！」六眼看著小柚說。

小柚的雙眼緊盯著綠笛和小凱，然後一一看過饅頭、小灰球、曼奇和猴群們，突然，她發現綠笛好像從沉睡中醒來一樣，臉上慢慢恢復了生機，他的眼皮眨了眨。

小柚笑著，從口袋裡掏出那枚戒指，往下丟到綠笛的身上。

「這個，還給你，你們要過得好好的，要好好的過生活。」她大聲喊，一喊完就發現——

綠笛、小凱、饅頭和小灰球漸漸變得模糊，越來越模糊、越來越透明、透明、透明，最後都消失了。

鐘聲，停了。

「走吧！」六眼催促著。

小柚跨坐到蜘蛛的背上。

六眼跳了起來，在森林中穿梭。

❹❷ 冰湖東邊的女王

「我看見他們消失了，他們都到哪兒去了呢？」小柚坐在蜘蛛的背上，蜘蛛站在整座森林裡最高、最老的一棵檜木樹上，一起眺望著遠方。

「回到，屬於他們的地方。」六眼輕聲說。

「屬於他們的地方？」小柚不懂。

「是的，屬於他們的地方。」六眼強調。

「那，我……」小柚低頭看著雙手，心裡有點猶豫、有點害怕，但並不後悔做了交換的決定。

「我們很快就會見到東女王！」六眼看向遠方。

此刻，籠罩天空的雲霧慢慢的散開來了，陽光從天空上撒落下來，穿透了雲層，把大地照得閃閃發亮，晶晶亮亮，晶晶亮亮。

「那一片像鏡子一樣發亮的地方是？」小柚指著東方，這是第一次，她把這座島看得非常清楚。

島的形狀像一隻鯨魚，東邊是魚頭，西邊是魚尾，南、北各是魚腹和背鰭。而霧，現在籠罩著整座島的西邊，是鯨魚尾巴的部分，高山和森林則聚集在鯨魚的腹部和背鰭上，周圍圍繞著海洋。

「那就是冰湖。」六眼說。

「冰湖……」小柚瞇起了雙眼。

原來冰湖就掛在鯨魚眼睛的位置，讓鯨魚的眼睛看起來閃閃發亮。

當小柚的腦中閃過這個念頭，有些對話不斷從記憶的深處跳出來——

「如果，妳能擁有一座島，妳想要什麼模樣？」

「鯨魚！還有，除了形狀像鯨魚之外，我還要有閃閃發亮的魚眼，綠綠的魚鰭，高高聳起的魚背，還有……外公，你猜猜，明明是魚，但卻不是魚，生在海洋裡，卻用肺呼吸，到底是什麼？」

小柚張大了雙眼，隨著那些對話不斷跳出來，她的眼中閃過一道又一道的光芒。

那是童年的對話，和外公的對話。

還有，猜謎，那也是童年的時候，她和外公最常玩的遊戲。

「走吧，我想，我們該出發了，東女王已經醒過來了！」六眼催促著。

小柚爬上牠的背，六眼從最高的檜木樹往下跳，跳進樹海中。

「是呀，她真的已經醒來了。」

國家圖書館出版品預行編目資料

正義的伙伴／林秀穗文．廖健宏圖.--初版．--
臺北市：幼獅，2016.04
面；　公分. --（小說館17）
ISBN 978-986-449-038-7（平裝）

859.6　　　　105001479

・小說館017・

正義的伙伴

作　　者＝林秀穗
繪　　者＝廖健宏
出 版 者＝幼獅文化事業股份有限公司
發 行 人＝李鍾桂
總 經 理＝王華金
總 編 輯＝劉淑華
副總編輯＝林碧琪
主　　編＝林泊瑜
責任編輯＝周雅娣
美術編輯＝李祥銘
總 公 司＝10045臺北市重慶南路1段66-1號3樓
電　　話＝(02)2311-2832
傳　　真＝(02)2311-5368
郵政劃撥＝00033368

門市
- 松江展示中心：10422臺北市松江路219號
  電話：(02)2502-5858轉734　傳真：(02)2503-6601

印刷＝崇寶彩藝印刷股份有限公司
定價＝250元
港幣＝83元
初版＝2016.04
書號＝AC00013

幼獅樂讀網
http://www.youth.com.tw
e-mail:customer@youth.com.tw
幼獅購物網
http://shopping.youth.com.tw

行政院新聞局核准登記證局版臺業字第0143號

幼獅文化公司 ／讀者服務卡／

感謝您購買幼獅公司出版的好書！
為提升服務品質與出版更優質的圖書，敬請撥冗填寫後（免貼郵票）擲寄本公司，或傳真（傳真電話02-23115368），我們將參考您的意見、分享您的觀點，出版更多的好書。並不定期提供您相關書訊、活動、特惠專案等。謝謝！

基本資料

姓名：……………………先生／□小姐

婚姻狀況：□已婚 □未婚　職業：□學生 □公教 □上班族 □家管 □其他

出生：民國…………年…………月…………日

電話：（公）…………（宅）…………（手機）…………

e-mail：……………………

聯絡地址：……………………

1.您所購買的書名：**正義的伙伴**

2.您通常以何種方式購書?：□1.書店買書 □2.網路購書 □3.傳真訂購 □4.郵局劃撥
（可複選）□5.幼獅門市 □6.團體訂購 □7.其他

3.您是否曾買過幼獅其他出版品：□是，□1.圖書 □2.幼獅文藝 □3.幼獅少年
□否

4.您從何處得知本書訊息：□1.師長介紹 □2.朋友介紹 □3.幼獅少年雜誌
（可複選）□4.幼獅文藝雜誌 □5.報章雜誌書評介紹…………報
□6.DM傳單、海報 □7.書店 □8.廣播(　　　　)
□9.電子報、edm □10.其他…………

5.您喜歡本書的原因：□1.作者 □2.書名 □3.內容 □4.封面設計 □5.其他

6.您不喜歡本書的原因：□1.作者 □2.書名 □3.內容 □4.封面設計 □5.其他

7.您希望得知的出版訊息：□1.青少年讀物 □2.兒童讀物 □3.親子叢書
□4.教師充電系列 □5.其他

8.您覺得本書的價格：□1.偏高 □2.合理 □3.偏低

9.讀完本書後您覺得：□1.很有收穫 □2.有收穫 □3.收穫不多 □4.沒收穫

10.敬請推薦親友，共同加入我們的閱讀計畫，我們將適時寄送相關書訊，以豐富書香與心靈的空間：

(1)姓名…………e-mail…………電話…………

(2)姓名…………e-mail…………電話…………

(3)姓名…………e-mail…………電話…………

11.您對本書或本公司的建議：

廣　告　回　信
臺北郵局登記證
臺北廣字第942號

請直接投郵　免貼郵票

10045　臺北市重慶南路一段66-1號3樓

幼獅文化事業股份有限公司 收

請沿虛線對折寄回

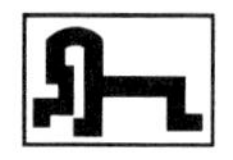

客服專線：02-23112832分機208　傳真：02-23115368

e-mail：customer@youth.com.tw

幼獅樂讀網http：//www.youth.com.tw

幼獅購物網http://shopping.youth.com.tw